U0828200

秦商入川记

宗鸣安 著

Businessman of Shaanxi entering into Sichuan

这实际上是一本关于秦商如何成功，如何发家的指南备要，同时也是一本关于陕西历史与民俗的书籍。我们可以从历史中寻找出民俗的存在，用以丰富今天的生活，也可以从民俗中体会到历史的真实，以吸取昨天的教训。

——宗鸣安

图书在版编目（CIP）数据

秦商入川记 / 宗鸣安著 . ——西安 : 陕西人民出版社，2015

ISBN 978-7-224-11518-5

Ⅰ. ①秦… Ⅱ. ①宗… Ⅲ. ①散文集－中国－当代
Ⅳ. ① I267

中国版本图书馆 CIP 数据核字（2015）第 104147 号

秦商入川记

作　　者　宗鸣安
出版发行　陕西出版传媒集团　陕西人民出版社
　　　　　（西安北大街 147 号　邮编：710003）

印　　刷　上海利丰雅高印刷有限公司
开　　本　787mm×1092mm　16 开　15.25 印张
字　　数　100 千字
版　　次　2015 年 6 月第 1 版　2015 年 6 月第 1 次印刷
书　　号　ISBN 978-7-224-11518-5
定　　价　39.80 元

序

罗宏才

一个曾经在关中地区广为传播的社会化名词远离我们已经很久了，欣喜的是，一个满怀桑梓情谊与社会责任的文化记忆，携带着新时代的春光正适时地来到我们面前。

当鸣安将他的新著送我过目时，我的内心涌起阵阵波动。那个久违的“下川”名词与适时到来的《秦商入川记》著述一瞬之间联翩跃动，促我惊诧：翻飞的历史与急迫的时代脚步原来会这样迅速地握手约会。我想，可能将要出现的很多作用与影响，大概从此会跃跃起步了……

众所周知，对位中国的商业历史，史线、品牌、商机、商战以及渗透着一代又一代商业人心血智慧与艰辛困苦的区域化、主题化线性、网式商路，曾经合力谱就出一曲曲壮美的音响。自17世纪开始，川、陕间涌现的“下川”、“陕帮”两个主题，应该接踵奏响另一曲音响。操纵这一曲音响旋律者，则是以泾阳、三原为中心的关中商人群体。

说到泾阳、三原，陕西人会因为这两个县份地缘相接，人脉辐辏，习惯称之为“泾三原”。在文人眼中，“泾三原”还被巧妙地抽去中间一字，雅化为“泾原”。比如1944年7月“泾原”杰出乡贤于右任起笔追怀乡里故旧时，就用了《泾原故旧记》这个书名。

“泾原”的富饶，得益于《汉书·沟洫志》传递“泾水一石，其泥数斗。且溉且粪，长我禾黍。衣食京师，亿万之口”等诸种历史营养不断滋润、顽强支撑的基础；“泾原”的辉煌，至少有明代以来享受“食盐开中”政策，并角逐于淮扬、边镇一带“山陕盐商”系统中“泾原”商人群体的慷慨付出。当清代雍乾以来淮扬盐业渐衰，蜀中盐业渐盛之际，以“泾原”

为主体的陕西商人遂纷纷“弃淮入川”，先是主要经营盐业，继而兼及川丝、夏布、药材、当铺、铁砂等多个品类。嘉道以后，以“泾原”为主体的“陕帮”商人更是遍布全川，以至于“川省正经字号皆属陕客”，像通往康定一带称之为“茶马古道”（蹬古道）那样的主体商路，也已经悠悠稳固了。

配合以“泾原”为主体，“陕帮”势力在四川地区的崛起以及商路地稳定，“下川经商”随之成为以“泾原”为中心，发散到关中甚至更远及陕西全境年轻陕人的时尚追逐。《秦商入川记》所依靠的主体素材——光绪十三年（1887 年）泾阳县西乡河范村张照（字德庵，又字明斋）《入川生理备要》讲稿，正是根基这样的文化积淀而登堂入室。

应当看到，《入川生理备要》讲稿的出现，是晚清时期关中地区特殊社会历史背景下的产物，目的在于满足大批经过初级教育将要“下川”习商者的需求，类似今日的职业培训课程。不同的是，撰写讲稿的张照先生，在注入“下川”生理须知的同时，更多地将来自关中儒学大本营“泾原”一带的丰富关学文化素养随之糅合参入，拳拳戒语，字字恳切，立身根本，峭然壁上，给人以强烈的震撼。

由是，一幕肃然面对行将离开乡关亲友的年轻学子、娓娓告诫的特殊师生对话情景，蓦然出现在我们的面前，百余年前“泾原”一隅乡邑社学展演的一出特殊“商教”所蕴含的文化品质，已远远超越简单字面上的“入川生理备要”了。

还是以往的质朴纯真，鸣安书稿的流泻，在决定以《入川生理备要》讲稿为挥发源头的设定下，不断地注入了乡邦情理中的语素、章节，满卷乡音，使人陶醉。诸如“生财之道以仁理为本”、“规矩自登程开始”、“磨练加诚实等于成功”以及“入川之路三千里”、“从泾三原启程”、“艰险道上左顾右盼”等朴素章节用语，娓娓真诚，在教人不忍释卷的同时，更多地会聊发绵远的遐思，一部看似平常的书卷，蕴藏着逼人的力量。

作为乡邦后生，《秦商入川记》所着力阐释的“泾原”本体与“入川之路”，溶血连骨般地系结着我的家乡父老，叫我心绪纷飞、凝重。我的祖父、伯父以及老外祖父，都曾是“入川”陕商群体内的骨干中坚，因此缘故，我父亲的青少年时期，得以在川北绵阳、安县、雅安一带的商号中度过，遥远的“蹚古道”历程，有着他们的理想、艰辛与智慧、希望。同样的感触，相信还存在于许许多多与我一样文化背景的“陕帮”商人后裔的身体血液里。

谨以此真诚祝贺鸣安治学路上的再次成功，并隆重纪念数万个曾经共同追逐过“崇孝义，尚节概，有古君子之风”淳朴梦想的陕商灵魂……

罗宏才

乙未春月于沪上小小桂花堂

CONTENTS

目录

第一章 泾三原的底蕴 1

一、秦商即是儒商 7

二、生财之道以仁理为本 21

第二章 入川从商的规矩 33

一、规矩自登程开始 34

二、磨练加诚实等于成功 60

三、从商的规矩与技巧 74

第三章 生徒十戒 93

一、以往的教训 94

二、《十戒》是秦商的文化遗产 106

第四章 入川之路三千里 111

一、从泾三原启程 113

二、艰险道上左顾右盼 125

三、困难途中苦辣酸甜 211

后记 239

第一章

泾三原的底蕴

所谓“泾三原”，这是陕西人对泾阳、三原二县以及周边地区的泛称。泾阳、三原二县地界相连，民风相近，是关中平原上土地最富饶、自然条件最好的区域之一。据民国初年的统计，仅三原一年布匹、茶叶、药材、粮食及银钱的买卖其数多在两千万元以上，这在当时可谓是巨大的利益。所以，民初军阀混战时期，那些当权者皆有“宁要三原，不要长安”的说法。民国十五年（1926 年）河南军阀刘镇华围困长安城数月不能陷，后听吴佩孚之计，围攻三原、泾阳等县，长安城中无有接济，很快就能攻克。后由于三原、泾阳的守兵合力抗拒，终保住了三原、泾阳之城，从而也就保住了长安城。可见，旧时泾三原实为长安城的心脏之区。远在战国时期，泾三原地区即为秦灵公的临时都城，唐朝时为太宗李世民的“养疾院”所在地。明清以来，又有味经书院、正谊书院、崇实书院等开现代教育之先河的文化场所。据民国初年的统计，仅三原一地，当时就有小学一百八十座。其中七座系高级完小。一公立，一县立，五私立。在私立小学中，以于右任先生资助的三原民治小学及三原私立中山女子小学的学生为最多。其他普通民众教育设施还有“民众图书馆”一座，阅报处四座，公共体育场一座等。

另外，明清以来，影响了陕西人心性的思想流派“关学”，其主要传播地就在泾三原一带。诞生于陕西的儒家思想流派“关学”，开宗于宋代的理学大师张载，成名于明代学者冯从吾。冯从吾一部《关学编》，使“关学”扬名于天下。冯从吾真正是“关学”一派及“关学”理论的创始人。没有《关学编》也就没有“关学”之名。余以为所谓“关学”，即关中儒学的简称。自冯从吾之后至清代末年，“关学”演化为“烟霞”和“清麓”两大派别。“烟霞派”在清末以刘古愚为主持，讲学于咸阳的烟霞书院，其学问讲求经世利民，推崇变革。近代陕西辛亥革命的先驱朱光照、郭希仁、于右任等，皆出其门下。“清麓派”则以贺复斋为山长，讲学于三原的清麓书院，其学问讲究恪守家法，严于门户，自我修养。贺复斋讲学清麓时，山西的任安卿、山东的孙仲玉兄弟、河南的白寿庭、朝鲜的李习斋等学者皆至三原从其游，关中则有牛蓝川、寇立茹等才子为其学生。

我们知道，陕西的“关学”源于宋明理学，宋明理学是在儒家传统的义理、心性的思想主导下，参入了道家的法统、释家的善念，特别是老子“知雄而守雌，知白而守黑，知者博大而守者卑弱”的思想，讲求义理，兼谈性命。而“关学”则更加强调了“天理”的成分。民国初年，“关学”最后的传人长安王子靖先生在与其师牛蓝川先生谈及周濂溪与程颢兄弟的学问时，蓝川先生言道：“明道兄弟虽受学濂溪，然出入老释又几十年，乃返求诸六经而后得之。故明道言，某之学虽有所受，然‘天理’二字却是自家体认出来。”可见，“关学”是极重视“天理”二字的，其学问的宗旨就是崇尚这“上天之理”，也就是天地自然

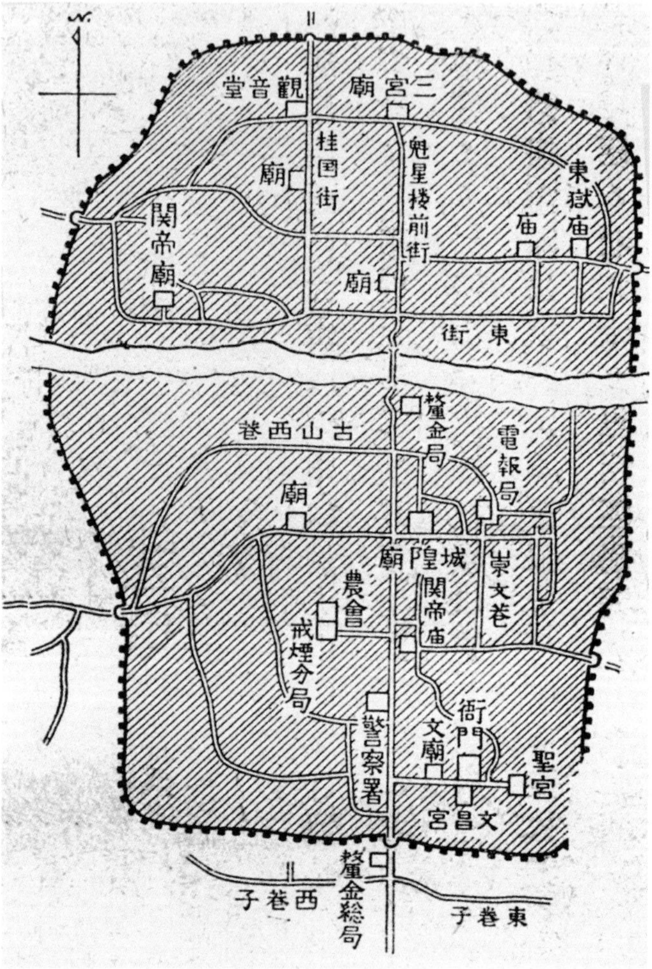

▲ 陕西省三原县民国初年县城道路及主要机关商号分布图。

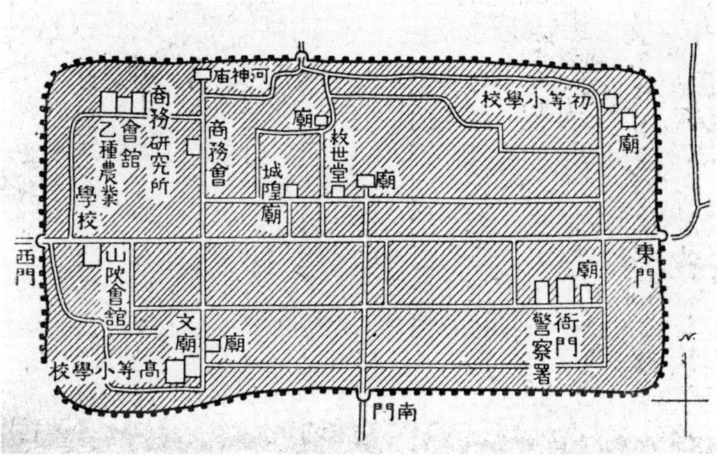

▲ 民国初年，陕西省泾阳县城区主要机构分布图及道路概况。

的法则。所谓"天理自然的法则",即论阴阳,辨轻重,别生死,顺四时。用这种"上天之理"来规范人们的行为、思想,只有这样人们才能高尚地生活在天地之间。

正是由于泾阳、三原一带不仅仅是自然条件优胜之地,同样也是文化昌明之区。泾三原一带的人们无论从事农业、商业或其他行业,多多少少都能表现出其儒雅的一面,这种风尚遗传至今日,影响着此地的民风,这也是我们将要引出以泾三原地区为代表的秦商文化的缘由之一。

一、秦商即是儒商

一般来说，所谓秦商入川应该是指旧时陕西境内所有从事商业人的入川活动。但我们为什么选择了泾三原地区的商人作为代表呢？这是因为到目前为止，我们所能见到的关于秦商的文献资料中，只有泾三原地区的秦商有一套完整的教育学徒从事入川商贸的理论与方法，甚至从他们规定的入川线路、里程站点、住宿起止时间上都能看出，泾三原一带的秦商不是一拥而上或四处漫跑的生意人。他们的目的一样也是要发财致富，但他们的眼光不是抓现钱的自我享受，而是考虑着如何使自己的事业绵延长久，用长久的富足来改变家族，改变个人的命运与人生，就是所谓的“改换门庭”。用长久的富足改变地区内的社会风尚。可以这样说，旧时秦商入川经商，不仅学徒、师长要经历艰辛的旅程、劳苦的工作，获得人格上的洗礼、财富上的积蓄。同时，也为乡梓邻里做出榜样，使得一种文化有了传

▲ 汉博望侯张骞墓旧影。墓在城固县西五里处，此处原有墓园建筑，民国年间曾出土不少汉代砖瓦构件。墓前名碑左右有后世赞文刻石两通，在右侧不远处另有民国时所立高大碑石一通，叙述了张骞出使西城，开辟丝绸之路的功绩。

▲ 石门栈道为川陕通道北栈道的重要一段。从民国年间留下的这些照片可以看到千年栈道形式的演变。

▲ 石门古栈道，依崖迴盘旋。西秦通巴蜀，商旅皆称便。

承、发扬的载体与力量。经商是自人类有了生产、生活物资交换时就开始形成的事。秦有商人，汉有商人，唐有商人，宋也有商人，但真正形成帮派，有自己的经营理念、经营方式、经营专业的商业团队组织，在陕西境内，应该是自元末明初开始的。而这些商业团队真正走出陕西，并大规模地进行商业贸易活动，时间应该在明末清初。近来，有人称陕西商人与创建丝绸之路的开通有关，唐朝时即已往甘肃、新疆贩货云云，是否那时已有了秦商的概念，或者团队意识与组织，余不得而知，这也不在本书的讨论之内。这里主要想说的是泾三原一带的秦商，并且是经常入川进行商业活动的秦商之事。

当然，明清以来，陕西各地都有商人入川经商。比如泾三原东边的富平县，旧时就流传着这样一首歌谣："香里村烟叶下四川，流曲的烤锅走西安。"可见，往四川贩运烟叶也是秦商的一个经营项目。另外，西安周边的户县、周至、咸阳，陕北的榆林、肤施，渭南地区的华阴、朝邑，陕南的

▲ 陕西文人爱文化，爱艺术。特别是民国以来，文化人走到哪也喜欢拍个照留个念。此照为西安文化名人李问渠等于民国三十年时的合影。

▲ 川陕道上多见如此小桥。此为清末日本画家福田眉仙所绘的秦巴山中景色。

汉中、安康等地都有入川的商人。依据历史地理的变迁，以及本人的现有资料，余以为，在本书中把秦商活动放在泾三原的商人身上，一是便于作者叙述，二是能确文献资料所指。民国年间，《四川日报》曾编辑出版过一套“四川日报社丛书”，其中有一部《西康诡异录》，作者是著名的历史地理学家、民族学家任乃强先生。书中颇为有趣地记录了陕西商人在川西南地区生活经商的情景及习性。任先生另著有《西康图经》、《张献忠实录》等书籍，于四川、西康的掌故极为稔熟。他为了读藏文、说藏语的方便，甚至还娶了藏族女子为妻，可谓执着。民国五年（1916 年）日本东亚同文会出版了一套《中国省别全志》，其中“陕西省卷”对泾阳、三原一带商人经营的特点、地域优势、入川商贸种类、线路等方面都做了一定的记录。日本画家福田眉仙于清宣统三年（1911 年）来中国旅行写生，也记录了不少四川至陕西途中的所见所闻。日本学者中野孤山于清末所写的《游蜀杂俎》，其中也能见到秦商在蜀中经营项目的信息。在王利器先生主编的《历代竹枝词》中，也有不少古代诗歌对秦商在川中生活、经商进行了活灵活现的描绘。那些操着关中口音，或辛苦经营，或奢侈挥洒的商人，不少就来自泾三原地区。另外，民国二十二年（1933 年）南京政府组织了“陕西实业考察团”，对陕西全境的工业、农业、商业、金融等方面作了一次较为详尽的考察，并写出了考察报告，其中记录了当时的陕西商业状况，为本书写作提供了可靠的资料。特别是今年，本人得到了一本清代光绪年间泾阳义学中的授徒讲稿，文中对清代泾三原一带秦商入川的历史、特点、从商的规模等方面作了详细的论说。其中关于入川每一栈的里数，本人以民国十五年（1926 年）西安印刷所出马渥天所著《陕西舆程考》上所列各站点路程一一对照，绝大多数丝毫不差。可见这些里程数经数百年仍为陕西行旅商人所使用着。有这些珍贵可靠的文献资料，研究秦商入川，以泾三原一带的商人为主要线索，想不会有太大的错误。

明代时，地方上的教育机构在官方主要是府学和县学两种形式，在清代则增加了书院的形式。清代以后，泾三原一带著名的学府有瀛洲书院、泾干书院、味经书院、崇实书院、正谊书院、宏道书院等。其中以味经书院最为有名。味经书院又称“陕甘味经书院”，清同治十二年（1873 年）由乡绅吴建勋捐地十余亩，当时陕西督学吴大澂筹银万余两共同修建而成。书院内建有教室、藏书楼、刊书处、售书处等设施，并开设有天文、舆地、经史、掌故、理学、算学等课程。味经书院自开办至清末结束，培养学子考中进士者十八位，中举人者七十二位，其他贡生等二十二位。从汉唐至清末，泾三原一带有记录和著作可查的学者多达一百八十多位。其中不乏对陕西文化有影响的人物，如三原李靖、来复、孙枝蔚、温仪、贺瑞麟，泾阳的第五伦、李念慈等。特别值得一提的是，陕西辛亥革命的代表人物于右任、水利专家李仪祉也都肄业于味经书院。

▲ 汉高祖刘邦当年饮马处，在汉中南郑县东南。此图为民国三十年前后辟为公园时的情景。水池被命名为饮马池。

明清以来，陕西城乡的民间教育主要是通过社学、义学和私塾来完成的。学习者多为平民子弟。“社”为中国古代社会基层的一种组织形式，房注《管子·小称》：“古者群居二十五家则共置社。”《管子纂诂》卷十二：“二十五家为里，里必置社。”在元代时，乡里制度以五十户为一社，社中立学校一所，称为“社学”。至明清时期，乡里行政制度与划分屡屡发生变化，但关中地区社学的名称仍然沿用。社学的入学名额不限，经费由官署拨出学田供给，或由地方拨出公款维持。社学可以说是地方官办，而义学与私塾则完全是私人捐款兴助的。义学的入学者多为寒门子弟，他们甚至可以享受伙食补助。据统计，明弘治四年（1491 年）的时候，泾阳地区有社学四十八处，至明清以后，特别是清同治年间的动乱以后，地方教育大受损害。但在这极度困难的时期，泾阳全县仍有社学、义学、私塾十多处。前面所提到的社学讲稿，就是清光绪十三年（1887 年）泾阳县西乡河范村张照（字德庵，又字明斋）在社学讲学时，因众徒多有从事商贸的志向，为了让这些学生日后入川学习贸易时能恪守规矩，谨慎为人，刻苦经商，张老先生根据当地前辈从商的经验、规矩，写出了一本《入川生理备要》的讲稿，让生徒们学习。想当年，入川学习经商的生徒们应该是人手一册，时时诵习吧。

在这样的一种文化氛围里，在这样的一种地域特点中，泾三原一带的商人从小就受到了中国文化传统的熏陶。那些最基层的生徒，至少也是在私塾里念过几年书的。《三字经》、《百家姓》、《千字文》、《幼学琼林》等启蒙读本至少也是读过几遍的。不读几年书，不认几个字，不懂数学计算，不懂从商规矩的人恐怕是无法入伙学徒的。这也许是泾三原一带对从事商贸的人的基本要求与规定，这肯定也是所有秦商入道的基本要求与规定。只有这样，日后无论是做了掌柜的还是做了大伙计，儒家的思想、秦人的观念必定会渗进他们的精神深处，在日常生活与经商中必定会时时地表现出来。所以，我们把旧时的秦商称为儒商不应该是过誉。从明末至清代再至民国这五百多年的历史之中，儒雅的秦商与精明的晋商，及敢于开拓的徽商并称于世不是没有原因的，因为他们都形成了自己的理论体系、教育方法和经商习惯。

二、生财之道以仁理为本

我们说过，泾三原一带的商人多多少少都受到过儒家传统文化的熏陶，旧时文人不愿言利，但为了生活又不能不言利，于是老先生们在教导将要从商的生徒时特别强调：生财之道要以仁理为本。老先生们在教习课本的起首就这样写道：“窃以生财之道，理本得众，亦由仁义而已矣。欲谋经营必先以揣其本末，和缓得中，终始理焉、道焉。语云：‘临事而惧，好谋而成者也。’凡事得中，得其理。勿以行险而侥幸，不为无益而有害之也。其利人皆所欲也，然而理之道达方为货财。殖而屡中者，可谓生理之师也。”

老先生的这段话可谓是数百年来秦商成功的经验之谈，其大意是说：生财之道虽在于明白其中的道理、方法，但对于秦商来说，要想挣大钱，仁义之心不可无，天理之道不可少。除了不害人而得利外，遇事须“和缓得中”才是做生理的根本所在。

▲ 过去棉花运输要先打成方包。在咸阳专门有一个打包场，用机器四面挤压，包以麻布然后即可装车运往纺织厂。

所谓“中”，这乃是儒家思想的精髓之一，中立而不倚，就是不偏不倚。和缓者，就是不疾不徐，这是儒家认为的天下最高的道理，即天下之达道。关中学者将儒家的中庸思想总结为“和缓得中”，这更易于在日常生活中发挥，更易于将这种儒家的天地之道传授给后代，而使后代，特别是从商的后代获益匪浅。能将儒家文化融于日常生活与工作之中，反过来又提升思想境界的教育方法与理论，在近代思想界是非常少见的，这也是我们研究秦商与儒家关系的原因之一。

前辈老先生告诉学徒，做事不能急，生意上有机会的时候一定要抓住，这样才能稳稳地赚一把。没有机会的时候“瞎子夹个毡——胡铺”，结果肯定是赔本赚吆喝。另外，做生意要得利也应根据个人特点选对行业、种类。各行各业都有其生利的特点，都有其生利的周期。过去泾三原一带的商人入川办货，以布匹、茶叶、盐、虫草、藏红花等为主。在四川购得货物，或发往汉口，或发回泾三

▲ 汉江边上待渡的货主。

原，一般贸易完成收回本利需要一年多时间，这期间还得风调雨顺，不能出什么差错。如果是夏秋之季，江河易发大水，盐、糖、蜂蜜之类的货物，就要少采办些。因为运输途中涉水过河，一旦不慎落入水中，那就血本无归，捞都捞不起来了。这还算是稳当一些的生意，若是开银号放账得利，想着用钱来生钱得利最直接，也来得最快，那就更有风险了。放出去的钱，一可能生意不好无法收回，二可能用钱人成心赖账，或者就没打算还，这类事情是常能遇到的。不能净想着挣钱而不思前想后、细细谋略。有人说“撑死胆大的，饿死胆小的”，这对大街上的那些混混、烂仔们或许适用，真正做生意成功的又有哪个是楞汉青头呢？笔者曾见过泾阳近代最有名的大商人姚文卿的照片，也见过其后人。姚老先生大眼阔口，一副憨相，他的后人也是一说一微笑，谁能想到这是民国年间西安城中几个大财主之一和他的后人呢？大约在上世纪90年代末吧，姚文卿在卢进士巷的宅子面临拆迁，西安不少媒体都去采访。一是因为姚文卿多少还有些名气，二是因为姚家的宅子无论建筑风格还是院落布局都可称是西安民居的代表之作。保护文化遗存是我们应该关注的，所以，本人也应邀去现场做了讲解并拍了不少照片，也和姚家的后人谈了不少往事。无论如何，我都看不出他们是有钱商人的后人。

还是说“和缓得中”吧。“得中”，这是儒家学说里最精髓的思想之一，在儒家经典中称为“中庸”。凡事得中即得其理，这可是旧时秦商们首先需要遵守的规矩和必须明白的道理。懂得了这个规矩和道理，做起事来就安稳了许多，得利也就不是什么难事了。明白了这个道理，也就进了儒家文化之门，举手投足也就有了文气，再去行商赚钱的心态也就不一样了，凡成大事者都是由此而起步的。

泾阳西乡河范村社学的讲师张德庵先生对将要入川学习生理的徒弟们谆谆教导：“做生理，若夫不谙其理，恣意妄贪，费存仁道，违心害理，须臾侥幸，而鸿图岂能惟怀永图乎？夫谋生涯者，首要心力勤，慎布置。兼以气运通顺，凡谋必善，自然利道生焉。若以诡诈阴谋，大利盘剥，理得中乎，焉能绵远以昌厥后。但生理者总以惟敬惟和，谦虚下人为法。克勤克俭，自然源远而流长。哲云：‘培振鸿业，大展经纶’。焉知仁理由义得来者哉。”

我不知道现在那些做大生意的、做小生意的，或那些自称是秦商的人，有几人能读懂这段文字，这可是当年秦商学徒们必读的文字啊。在这段文字里有一个特别之处值得一提，就是老先生们把“生意”称为“生理”。这不是简单的中国文字使用上的谐音替代，用“生理”而不用“生意”是有一定道理的。“生理”一词在汉语里有这么几层意思，一、养生之理。晋人嵇叔夜在《养生论》中言道：“是以君子知形恃神以立，神须形以存，悟生理之易失，知一过之害生。”二、生存之理。三、谋生之道。唐杜甫《北征》诗：“新归且慰意，生理焉得说。”四、做买卖。这是稍近的说法。《元曲选·杀狗劝夫》：“我打你个游手好闲，不务生理的弟子孩儿。”这四层意思基本上都与如何生存有关。而发展到了元代之时，“生理”就专指做生意、做买卖了。在关中方言里，把“生理”称为“生意”到民国时才开始流行。我个人认为，关中人旧时把做买卖称为“生理”，重点还在欣赏和重视这个“理”字。起初，“理”字有治理、料理、从事等意。宋明之时，理学大兴，关中一带，特别是泾三原一带更是理学的重镇。谈理就是谈天地生存的法则（天理）。关中人把“生意”称为“生理”，一方面是因为生理能准确地表达生意买卖的实质；另一方面，生理的“理”字也是关中儒者孜孜以求的目标。生意多有动词的意义，指商业贸易或从事商业贸易者。而生理则更深层次地探寻了商业与从事商业者的生存之道。懂得了生理，不仅懂得了商业运行的规律，更懂得了人在商业贸易中生存的法则。

在中国古代哲学的重要一派“关学”的开山经典《关学编》中，记录了这样一位学者，他叫张鉴，字孔昭，清初陕西泾阳人，少年时即以童子试第一获名，后在山西一贫困县为官。张鉴以其特有的经商理念与眼光，为本县凿水井，开煤矿，寻陶土，让县民学制陶器以成生理，并且买办机杼教男女织布，不过三年，县民不仅脱贫而且有了税赋。一个以理学精深而载入《关学编》的人，竟在他为官时善于经商，而且有所成绩，可见读书人亦可深谙人生道理，懂得生活经验。从这里也可以看出，旧时泾三原地区的文人是一群内心充实，懂得如何将仁和理运用到实际生活中的人。在他们的教导下，那些在历史上有名的秦商多出在泾三原一带也就不足为奇了。

清末民初，有一位泾阳人叫高又明，他经商办实业既有成绩，同时思想也颇为进步，与于右任、胡笠僧等一道积极参加了辛亥革命。民国建立后，又与友人一起创办了西安集成三酸厂、阿房宫电影院、西京国货公司等。晚年还撰写了辛亥革命的见闻录——《如是我见我知录》，为陕西留下了一段珍贵的近代史资料。高又明先生在陕西工商界是一

▲ 民国陕西实业界的风云人物高又明先生

位成绩卓越的人物，同时也是一位秉承了秦商以及泾三原地区文化传统的人。无论是在三原宏道学堂读书的童年时期，还是积极参加辛亥革命的青年时期，或是到了努力发展实业的中年时期，高又明先生一直都保持着秦商的传统——读书。笔者舍中正好收藏了一部清刻线装本的《易经》，书后钤有高又明先生的姓名印三方，可知此部《易经》曾经是高又明先生收藏并认真阅读过的。我之所以说是“认真阅读过的”，是因为书上眉梢密密麻麻地写了不少批语。从这些批语里，我们不仅可以看出高先生对儒家经典《易经》的理解，同时也体会到了他对待事物、对待人生的通达态度。比如在批《乾卦》“潜龙勿用”时说：“勿用者，公卿当退休，贤士当隐处，商贾当待价，战阵当左次，女子当愆期。”又跋《咸卦》“九四，憧憧往来”时说：“憧憧是不能顺自然之理，方往时又便要来，方来时又便要往，只是一个忙。”妙哉！高又明先生此论与清光绪年间泾阳义学讲师张德庵先生的“和缓得中”异曲同工，一脉相承，这就是文化的传承，这就是儒家文化的传承。除去高又明先生的革命历程不提，仅就其研读经典，创业经商的成绩来说，称其为儒雅的秦商亦是名副其实。究其原因就是他能明白为商与为人之理，弄清一个“理”字，生财也就不是什么难事了。但什么是“理”，“理”又在何处寻得，这就要看个人的修养与眼光了。

第二章

入川从商的规矩

在中国，各行各业都有自己特别的规矩，这些规矩就是为保障本行业能够持续发展，为方便后来之人入门、学习而制定的。所谓规矩，就是指从事本行业所要遵守的规则与章程。泾三原秦商的前辈在解释这些规则、章程时说：“前辈开号而创基业，守成维艰，继绪旧章，勿以豪华延其岁月。若以斯规，生理得中，鸿业浩浩荡荡，蒸蒸而上矣。”这些规章不仅能保障本行业、本商号持续发展，事业光大，同时也可让新入行者从这些井井有条的规章制度中得到益处。

一、规矩自登程开始

旧时，要想学习生意商贸，进入秦商的行列，实在也不是件容易的事。首先，要由学徒的父兄长辈恳请在商号内的朋友介绍，没有介绍人，没有保人，商号是不会随意收纳学徒的。特别是泾三原一带的商号收徒，不是本地人家的子弟一般是不收的，要知根知底才行。这是为了保证商号经营的安全，同时也为了扶持本族本家子弟致富。商号一旦同意收下这个学徒，就要在本商号内找一位师傅带其学习，称为“荐师”。“荐师”礼毕后，就由师傅领着去拜见商号的东家（或是大掌柜的），称为“领东”。拜毕东家还要拜本商号的开创者或本行业的祖师爷，称为“拜祖”。旧时各行各业、各商号店面都有自己本行业的祖祠或祖师牌位。比如木匠、泥瓦匠敬鲁班，商行敬陶朱公，理发匠敬吕洞宾等等。如果同行之间有了摩擦、有了冲突，调解的人就会说：“人不亲行亲，行不亲祖师爷亲。”有了这些说词儿，调解起来也就容易了许多，当事人也就各有台阶可下。中国人最敬师长，讲究“一日为师，终身为父”、“师徒如父子”。同时，也最讲究师承关系。所谓师承关系最早是从学界发展而来的，文化、艺术、手工业、商业后来都讲师承。有了这种师承关系的维系，就能够保证本行业、本派别的文化特色与经营特点延续发展下去。同时，也能让后来者通过师门的人脉关系较容易地在社会上站稳脚跟。中国人极重视师承关系，实际上是极重视人际关系。在中国这种社会环境中生存，良好的人际关系是最基本、最重要的条件之一。俗话说“人熟是一宝”，就是这个道理。

新学徒拜罢祖师爷就要履行手续了，行话称为“领券”，“领券”就是签订“学徒合约”。比如学徒期间（一般是三年，特殊行业五年）不给工钱，但管吃住，也有少量的生活费用，年底也有几个赏钱等。有些严厉的合约，学徒期间，生死不保。学徒出了事故，伤及性命与东家无干，东家不负责赔

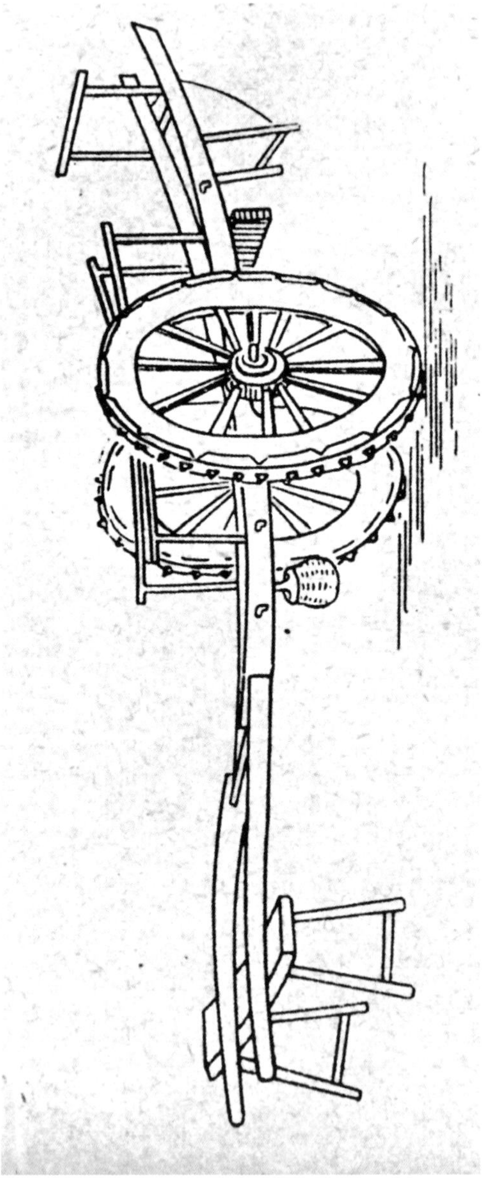

▲这是多头牲口拉的大车，主要用来运输货物。当年秦商多用此车来往于川陕之间。

偿。所以，有人将这种“学徒合约”称为“生死文书”。当然，学徒因学艺而学死了事情毕竟少见，条文严格一些，其一是东家为免责，其二也是为学徒处处小心、谨慎做事立一警示牌。

学徒的手续履行完毕，小秦商们就要择日登程入川了。

泾三原一带的秦商入川是有自己特定路线的。这条路线经过数百年的测量与安排，无论是吃饭还是歇息都非常的合理与科学。基本上是每天行走九十华里左右就要到达某一客栈休息，如果遇到特殊情况少走或多走了路程，就要赶快就近寻找客栈住下，称为“破栈”。如从泾阳县出发入川，基本上是走礼泉、扶风、岐山到达宝鸡，然后从宝鸡翻越秦岭经留坝、勉县、广元入川的。这条线路延续了数百年，可以称为秦商入川经商的“秦商之路”。这条“秦商之路”不仅为泾三原一带乃至关中地区带来了财富，同时也把沿线不少地区的经济带动了起来。然而更重要的一点是：通过这条“秦商之路”，

▲ 川陕道上歇息的脚夫。旧时，秦巴山中道路险峻，许多地段车马无法通过，所以不少货物的运输也得靠脚夫背负。

儒雅的秦商把陕西特有的文化素养与文化追求传播到了外地。我们从这条“秦商之路”的历史遗迹与文化遗存上可以看到，关中儒学的影子时时展现，不论是在人的身上或是在物的身上。比如山涧桥头的题字、客栈门首的对联。比如秦岭山道的路标，川西平原上的牌坊。还有那些川陕道上行色匆匆、勤勤恳恳、举止文雅的秦商。你不仅羡慕他们常常驮了银子逶迤而去，同时你也一定会羡慕他们拥有的知识。

新学徒们初次入川，基本上都是徒步而行的。他们要跟在被称为“耆台”的师长身边，轿前马后小心谨慎地伺候，随时听耆台的调用，不能自己随心所欲地乱跑。当然，除了新学徒的伺候，一般商队出行或进货出货都有一定数量的保镖跟在队伍之中。这些保镖时常手执临潼关山镇所产的“关山刀子”，遇事不惧，勇猛异常，被时人称为“刀客”。这些“刀客”大多数活动于渭北地区，因为这里自明末清初开始商业即已发达，货物银票都需要保

▲ 翻越秦岭的古栈道民国年间已开始修整为公路，大大便利了关中至汉中、川中的商业往来。

▲ 旧时大车可以直接进到车马客栈的院子里。马匹先卸下，涮洗饮遛全由店家负责。随行人员则自由自在地睡在大炕上，如有掌柜的同行，那单间住房是少不了的。此图为清末日本画家福田眉仙所绘。

护，因此，刀客保镖就有了一定的用场。这些刀客勇猛善战，不怕危险，并形成了一定的帮会组织，称为“哥老会”。清末陕西辛亥革命起义时，刀客积极响应参加，成为推翻清朝在陕西统治的重要力量。当时参加辛亥革命起义的著名刀客有严飞龙、严纪鹏、胡彦海、石象仪、李虎臣等。过去在西安城中有七大镖局，这些镖局大多设在银号、大商号较为集中的盐店街一带，如大德通、大德恒、宝丰隆、大成亨、百川丰、裕泰厚、裕丰厚等，这些镖局基本上也都是哥老会成员所经营，专为票庄银号、大商号提供运货及保险服务。

过去人们出门所用的交通工具一般有驴、人力轿子、轿车、大车等几种。驴既能驮人又能驮货，使用起来也方便自如，所以行旅之人选择得最多。人力轿子不可能走得太远，所以都是阶段性的选择。轿车则要分一头牲口挽、两头牲口挽和三头牲口挽几种。轿车有厢体可避风雨，也安全可靠些。如行人少，道路平坦，可选此种交通工具。大车马

▲ 川陕道上常常遇见大河小溪，水浅之时蹚水即可通过。夏秋两季则要十分注意才行。

▲ 陕南山中随处可见崇山峻岭，商旅之人唯叹行路之艰。

▲“山中雨后水高涨，行人解衣试水温。”民国二十一年秦岭山中旧影。

力较大，是货多人多时的首选，最能对付路况不好的地段。大车一般都套三匹骡马驾辕，也有用五匹的。过去路途中客栈的院子很宽大，并专为停宿骡马大车而开辟了大门，大车可直接进入院中，停车、休息都不成问题。当然，入川经商全程用骡马大车肯定是不行的，山间运输还是以骡队驮运为主。过去，不少驿站客店都参与货物运输，他们替货主一站一站地把货物运往目的地。当然，这是要履行一定手续的，首先要签订“运送契约”，并附上货物清单，这样，货主就可以轻装上路，在下一站等着检点货物就行了。这种客栈间的运输全靠个人信誉，也没有押金之类，货主可以先付一半运费，也可以全额付给。路上货物丢失破损，运送者要承担一定的责任，运送者拉着货物跑路的事极少发生，或者说几乎没有发生过。因为客栈所用的运货人都是熟人，经常在客栈之间运输，时间长了自然有了信誉。

新学徒途中伺候的师长，旧时秦商行中称为“耆

▲ 古汉台，在南郑县东门里。传此处为刘邦当年被封为汉中王时的故宫旧址。此亦是川陕道上的名胜之一。

▲ 川陕道上常能见到的精美的石砌牌坊，当地人对此也极为崇敬，由此亦可见陕南人的文化精神的追求。

▲ 汉中褒城县七盘岭之天心桥。此照片摄于民国二十一年，观之可见川陕道之险峻，亦可想秦商入川之难行。

台”。耆台的“耆”在古时候指六十岁以上的老人，亦引申为长者、师傅。《尔雅·训诂上》：“耆，长也。”“台”在这里为敬辞，用来称呼对方或与对方有关的行为。“耆台”，也就是敬称的“老师傅”、“老掌柜”之类。比如我们在戏文、古书中经常见到的“兄台”、“台甫”等等。

从泾阳出发到宝鸡后就开始翻越秦岭了，前面这段路程道路还是比较平坦的，一般四天就能完成，也就是说要经过四次客栈休息。学徒们每到一个住宿的客栈，首先要给耆台安排一个上房，然后铺床叠被整理好房间，请耆台休息。接下来学徒们还要给师长安排晚饭，客栈的饭菜不合口时，还得去外面菜馆采办些小菜来。吃罢饭，师长要吸烟，学徒们递烟袋备火镰是少不了的事。这些看似小事，其实也能看出学徒们有无眼色，这些表现也能看出学徒日后能否胜任要职。

过了宝鸡就开始翻山越岭了，从这里开始道路崎岖，山势峥嵘，渐渐进入险途。此后行路一定要

▲ 古木清流给行旅之人带来很大的快乐，但也要时时注意安全。民国二十一年摄于陕南铁佛铺。

▲ 入川道上常常可见简陋的小村。这些简陋的小村也许就是秦商入川途中的驿站，可以为他们遮风避雨，使他们免受狼虫侵扰。

格外小心谨慎，不可慌慌张张。遇到山间险路，一定要下马步行。马是牲畜，遇到情况乱跑乱跳自然是免不了的事情，所以安步当车会安全许多。

老先生告诫学徒，凡遇渡口，务必要从容而行。有些初次出门的年轻人总爱抢道，就是俗话说的“赶上而抢下”，这种行为秦商学徒最不应该有，从容而行本身就是生意修养的一部分。要是登舟上船，如有骡马，总要等它们情绪稳定后再上人，切不可站在牲口骡马的头前，以免发生意外。水中渡河的牲口最易发怒，有些年轻人总爱动手动脚，摸摸这儿动动那儿，一旦出事不仅自己遭殃，别人也跟着受连累。这些都是出门行路的基本常识，应该谨记。

从泾三原出发到四川雅安的秦商总号，一路上少不了要过河涉水。在旱季里，一般小溪浅河只管蹚水而过，没有什么大事，但要遇上夏季发大水的月份，或秋河暴涨之时就要千万小心了。以往细小的河流、溪水，这时说不定就是波涛汹涌暗藏杀机了。因为山水从山上奔流而下，其中必定夹杂有不少石块、木桩，磕上碰上受伤难免。过去在雨季里，山间小河边常有背行人渡河的人，称为“背河水夫”。所以遇上情况不明的河水千万不要轻易去蹚，要请背河水夫试探一下，能过则过，不能过则止。有些背河水夫为挣钱不顾行人安全而冒险，这种情况也要注意。在秦岭山中有个叫尖岔坪的地方（又称煎茶坪，距大散关以南约十华里处），山上有一种树，树干很直且有韧性，非常适合做手杖。路过那里的时候砍根树枝做稳杖，登山涉水，以备不虞之需。

路途之上不免饥餐渴饮，行路之人常常体内火大，偏爱冷味凉水，这可是所谓利于口而不利于腹的行为，往往有误饮山涧之水而中毒、中瘀伤害性命的事，也有因贪食冷物而感冒伤及肠胃，为此而增加了行路途中的苦处。尤其是初次走出家门的小学徒，更要注意这一点。家中亲人是希望你出门学本事来挣钱养家的，保护好身体才是第一位的，所

▲“北栈号连云，蜿蜒崇岭间。行者仰天叹，巉岩与险滩。秦商不畏苦，饥渴随风餐。为换新门庭，委身巴蜀间。”

▲ 民国二十一年，由全国各界人士组成的陕西实业考察团在留坝县留侯祠张良庙内留影。殿前的大匾上写着“相国神仙”四字，与另一“英雄神仙”碑相映成趣。

以，这些要求一定要遵守。

行旅之人夜宿晓行，这是无可多言的，但客栈住房内行李要摆放整齐，以便临行时清点，这却是十分重要的。有随身佩带的物件或挂在墙壁上或放置在桌案上，临行前务必检查清点。凌晨之时房间内黑暗，需要用灯光照明，细细查看，以免上了路才发现遗失了行李，徒增烦恼。

初次入川的年轻人因不懂世事，糊里糊涂，常会干些荒唐事，所以要求尽量不离耆台师长的前后。即就是打尖吃饭、入市采买，身上的布袋零碎也要瞻前顾后地看紧。之所以如此，是因为集市、道途之上小偷强盗时时出现，不能不防。

初次行走栈道山路，曲直远近难以区分，山中不同于关中道上，方向途径难辨，所以学徒们一定要随师长，就路途中的驿站而行，切不可贪图捷径，不懂装懂。道路一旦走错，不仅去近就远，徒增辛苦，而且让耆台师长担心，给别人平添麻烦。所谓蜀道之难是有一定道理的，不可不慎。

▲ 民国初年，陕西关中道上在修筑道路，以便秦商与行人。

以上数条是当年老先生们给那些初次入川学徒们的嘱托，也算是订立的规矩，这些规矩看似平常，但对于旧时想真正成为秦商的学徒来说，则是非常重要的。行走在入川的道路上，既是经商的入门课，也是人生的修炼课。通过这样一种方式了解社会、了解人生，为今后处事为人、创业经商打下良好的基础。

二、磨练加诚实等于成功

一个想从事商业的人，诚实守信是最基本的条件之一。在此基础之上，加以人生经验与为商技巧，再假以时日，成功就是指日可待的事了。过去培养秦商的老先生们在强调基本规矩的同时，也特别注重对学徒们的为人与品德的教育。他们为这些学徒制定了许多切实可行的要求。本人将这些文言文的要求翻译成现代语言时，除了尽可能通畅外，也采用了老先生当时的口吻，有时甚至引采用原文，以努力使读者感受到当时的历史氛围和社会状况，如同置身其中与之对话，也更易于理解前人的种种想法做法，避免以今人的思想去揣度前人，这一点读者不能不知。

综上所述，要成为一名真正的秦商是要经过许多艰辛努力与磨练的，也可以这样说，秦商是经过数代人培养出来的，他们具有一定的文化知识、道德修养、商业经营技巧，并非从事了商业活动的陕

▲ 民国二十一年陕西实业考察团在岐山县合影。

西人就可以称为“秦商”。

老先生告诫学徒们说：新人入川学习生理，必须要了解川南、川北生理伙规各不相同。有的在这一方面要求得很细，有的在那一方面要求得很细，但归根结底经商为人的道理都是一致的。学徒之道各处有各处的特点，本无绝对之规，所以灵活处理不同的问题是十分必要的。

川北以及西康地区的生意规矩整端，所从事的商贸业务主要以粮食及土产为主，学徒要学习的与川南的要求是两回事。川北的生意常没有消息、报告之类可提前把握的信息，赶场入市有放出来的粮食就马上收购，全凭具体办事的人自己做主，耆台师长并不过多询问。另外，在学徒期间是不准离伙回乡的，但家中确有重要事务，情不能缓，商号有规定可以准许别人代理本人的事务，但准许的时限过后，不管家中事务是否办毕，师长便会责令其立即赴川，不可逗留，这是商号的规定，不可不知。当然，这些规定比起川南商号的细密曲折来那就差得很远了。

川西秦商大多集中在西康、雅安地区，而泾三原出来的秦商则多在雅安地区做事，被时人称为“雅帮”。到川西雅帮中学习生意，就必须接受耆台的严苛训练。新到商号来的学徒必须严格遵守作息时间，二更前睡觉，五更前即起。过去四川地区晚上是以鸣炮为打更信号的，所以也称为“二炮休息，醒炮起床”。“醒炮”即五更之响炮，可见过去的人大多五更时即起，也就是前人所教育的：“黎明即起，洒扫庭除。”学徒们起床后要先燃香敬神。一般商号里都有神龛，内设佛像、天王像、财神像、祖师像等。或全设置，或选一二种，各不相同。学徒们敬罢神就要去问耆台师长的早安，然后再去买早点，办小菜。这虽是些小事、小经济账，但都是为今后管理大账打下良好基础，小账可以说是大账之母。商号每月初一、十五都要汇总一次账务、库存，费用都要清楚，这绝对不能大意。学徒们要把柜上委办的各路信件装订收藏整齐，信稿不能胡抄乱挽，以备日后查看。刚开始做这些事似乎有些困难，但久而久之形成习惯，也就发展成做事有条理的风格了。好习惯形成后，人也就能渐渐进步了。俗话说“登高自卑，行远必迩”，“迩”就是近的意思，走得远了，见得多了，做起事来也就像近的一样，也就从容多了。

秦商在川设立的商号一般由耆台师长（或称大掌柜）负责，下设二柜、三柜协助工作。学徒做到一定的年限，如无大问题就可升为三柜。三柜就是帮助二柜处理一些日常事务，如安排往来应酬、处理信件，管理货物账簿等等。如果处理这些事情既守规矩又干练，那么今后升迁就不是什么难事了。说到信件，我想强调一下，秦商能够成功的原因之一，就是他们十分重视信息的沟通与对信息的把握，早些时候的通信都是通过客店、驿站或私人携带来完成的，到了清末，随着邮政与电信机关的设立，通信就变得方便迅捷起来。民国四年（1915年），西安成立了陕西邮务管理局，下设二十三个

▲ 宽阔的江面上各种船舶往来如织，虽然惬意，但也不得不留意急流险滩等着。

支局，一百七十二个代办所。泾三原的秦商，以他们独特的眼光，超前的意识，急切要求在泾阳县、三原县设立了二等邮政支局以便使用。三原县还设立了电信局，可以拍发电报。这样就能快速方便地把握商业信息与市场行情，方便人员之间、商号之间的事务沟通。同时也可通过邮局与更远的地区甚至国外进行业务联系。当时邮政局给泾阳县所定的英文名称是“Kingyang”，给三原县所定的英文名称是“Sanyuanhsien”。并且规定泾阳、三原二县的邮局都可办理快递业务。

所谓二柜的业务，就是最大限度地精选商情信息上达给耆台大掌柜，辅佐耆台掌柜。大掌柜是商号的总领，一般不出面处理具体事务，往来应酬都是二柜要干的事。二柜对上应承耆台师长，对下团结商号伙计学徒，中间还要出面办理商业买卖业务。这三件事是生意之道的关键，能做到二柜这样位置的人是绝对不能懈怠了。

磨练已久，经过三柜、二柜的历练，对经商之道精通后，通过保举即可升为领袖，即大掌柜。大掌柜要统领全局，想方设法发展业务，创建新天地，以求商号事业的持续发展。并要时常与各商业口岸通信，及时把握商业信息，以利于安排购进、卖出的货物。生意之道最重现金，尽量少贪高价，应及时出货。俗话说“宁可卖了悔，不可买了悔”。卖了悔只是少挣俩钱而已，买了悔就可能是买了不合适的东西，甚至是假货，那就赔得大了。市场上风云变幻，主事的大掌柜尤其要小心。一旦有个差池，东家的血本、伙计们的血汗钱全都会付之东流。所以，当了大掌柜的做事就不能不慎之又慎。当然，一般说来，在川西雅安、西康一带经商做生意，只要按规矩来，收获利益不会有大问题。

新入川的学徒，因耆台师长偏爱而留在总商号的，应以敬上谦下为要，不可飞扬浮躁。古人云，“谦受益，满招损”，待人以诚才能获得别人的信任。另外，商号的柜房内系商号买卖银钱的重地，是往来口岸密信、账务的要关。初来商号的学徒在这里自然没有什么事务，所以，非耆台师长之命不可擅自入

▲ 汉江是长江水系的重要一支，也是陕南通往长江下游城市的重要水流通道。汉江文化与长江文化同属一个体系，沿岸人文历史多有相通之处。

▲ 拜将台旧影，在南郑县南门外，又称拜将坛。当年萧何追回韩信上奏汉王曰：“将军易得，如韩信这样的国士难得，要想争夺天下，非有韩信不可。”于是汉王就在此处设坛，拜韩信为大将军。

内。稍有事故则难以辩解，不能不慎重对待。如果其他商号于过年过节邀请耆台赴席饮酒，而耆台又因要事不能分身，便会委派二柜伙计前去代酌。历来有规矩：代酌之人在席面四碗汤菜没有上齐之前就要告辞回店，不能延迟不走，显得贪杯和小家子气。

学徒在朔望二日（即初一、十五），务必要早些起床，伺候二柜、三柜先拜神像，待耆台掌柜起床后再陪耆台拈香。然后，少长咸集于大堂，统行一揖，礼才算完毕。如果在路途之上遇到帮中耆台师长，一定要恭敬施礼，这是秦商雅帮由来已久的规矩，特别强调要注意继承。

凡初次入川学习生理者，因为年纪较小，未免于世事多有不懂。不论其在总号分号，应该先把基本事务干好，然后抽时间抄字习算，不可懒惰懈怠。前人说得好："勤能补拙，俭足养廉。"川蜀与关中的气候环境大不相同。川省潮湿，所以酒宜节戒，重口味的食物及晚餐一定不要贪嘴。一不小心，不仅自己受罪，也要连累商号伙内不便，更不用说让千里之外的父母操心了。

新入川者，蒙师长抬爱，由总号下发到分号任职，比如长沙、汉口等处口岸。这些口岸是南通北达、商贾云集之地，特别讲究服饰外貌。与雅安、西康、成都等地相比，应酬结交要奢侈得多。如果去上海、湘潭一带运送白蜡、山货，这些地方又比长沙、汉口更为奢华。虽说这些地方的风气历来如此，但才出道学习生理者却不能忘记根本，要能把持住自己的心志，始终以商号事务为重，做到账务清楚、往来结算泾渭分明。得利多寡不用说，处处显出你的诚实信誉才是关键。另外，要常想着跋山涉水原为家庭生计，一旦妄为，全家老小将来何以为赖？所以，不论走到哪里，年轻人都要以商号伙事为重，以家庭生计为重。

从上面这几段老先生的训教中你也许已经感到，秦商在日常生活与经营中，无不注重对传统观念的传承与展现。从诚实、尊老到尚礼、孝顺，这其实就是关中儒学在日常生活中的要求。前辈老先生强调这种思想与行为，实际上也是在强调与传播儒家文

▲ 巴蜀多江河，有舟楫之利。从图中可见旧时船运货物的繁忙景象，说不定其中就有秦商在忙碌呢。

化。儒家文化并不是空洞的说教，它是与日常生活密切相连的一种生活理念、修养方法与生活方式。关中儒学的特色，就是强调精神修养与日常生活的结合，精神高尚者不是隐于世外，而是要行走于世间，感化于世间。关中儒学的最后传人长安王子靖先生在悼念关学大师牛蓝川先生的挽联中道出了关中儒者的这种特色："讲学以身教不以言教，只容貌、辞气、颜色，直使顽夫廉，懦夫立，鄙夫宽，薄夫敦。吾侪自登芸阁来，进修始知正路；论品是鸿儒亦是醇儒，其道德、经济、文章，兼有许子宏，薛子精，胡子敬，陆子粹，斯统从宋晦庵后，先生独集大成。"

三、从商的规矩与技巧

我真佩服旧时教书育人的老先生，为了使秦商事业绵延兴隆、人气不断，他们是那样的事无巨细、苦口婆心，把出门在外和学习生意之中所能遇到的问题，以及前辈们从商的全部经验毫不保留地传给了后来者。我们可以肯定地说：这不仅仅是在传授从商的经验，更重要的是要延续一种文化传统和人格素养，这种文化传统就是秦商所推崇的关中儒学文化，就是对关学的精髓“理性”的实践过程。秦商前辈以行动告诉我们：不论是日常生活还是经商学艺，一定要坚持一个“理”字。这个“理”字就是人生的大目标，懂得了“理”，虽平民百姓、童稚小子也能有宽广的心胸，生活也就有了许多快乐。“理”就是天地存在、运行的规律，就是前贤圣哲教人行事的道理，就是为人处事，不可损人利己的规范。所以说，前辈老先生在培育商人的同时也在培育文化人。我们从下面老先生所列出的从商

▲ 清代末年，日本画家福田眉仙用画笔记下的川陕道上行旅的形象。骑马的，坐轿的，担货独行的，各有特色。在大山之中货物都是缚在扁担的两头，高高耸起，并不像平地是下垂的。这是为了适应高低不平的路，以免磕碰货物。

▲ 古胡城旧址在城固西四十里处。汉张骞出使匈奴后与胡妻曾于此筑城居住故称胡城。

技巧和经验中可以看出，秦商的一举一动、一言一行，时时刻刻都有关中特色的儒家文化贯穿其中。

老先生说：凡新来入川留在雅安总号的学徒，晚睡早起，务要勤快谨慎，听从师长教导。守门看店，洒扫应对，交接事务一定要认真对待。如果誊台师长因柜上有事外出办理，这时有买主来买货、结账，一旦进店，应该先问所属字号，再问姓名事宜，千万不可糊里糊涂地接待。接待的人和事虽不是你的专长，但誊台回店后你能交接清楚，显出初学之徒的聪明伶俐，久而久之，东家誊台自然会提拔重用，这一点初习生理者不可忽视之。

入川学徒自雅安分发到上下口岸学习生理，到了新地方，虽说与雅安总号环境不同，但初学生理的道理是一致的，谨守各个规章，万万不可忽视。如果提升到了帮办三柜，负责往来信件，兼管账务等，一定要虚心谨慎。白天市场上各方买进卖出等收入支出账目，必须在晚上睡觉前逐一细想登记，谨防遗漏。假如疏漏，朔望时的总计难免要出错。

俗话说“与其悔之于后，莫如慎之于先”，一账清楚，万事如意。掌柜的高兴，伙计们高兴，学徒们有了用武之地也高兴。

初入商号或住总店者（旧时也称总堆。堆者，货物之积也），或居口岸分号者（四川人至今仍把商铺、商场称为口岸），各人穿着务要从俭为是。远离家乡所为何来？无非是上奉父母，下养妻儿，并启后人。不可忘记了根本，不思家计，恣意浪费，特别是对待商号内的分红钱，更不可有差错。也不可胡乱吃喝，讲究穿戴，弄得入不敷出。古人云，“淡泊以明志，宁静以致远”，真是金玉良言啊。所以初学生理者一定要勤于正事，身荣，名利不是不能达到的。

经过磨练成为三柜伙计并被委以商务者，不论是去川西还是去广汉等买卖口岸，面临的情况与雅安地区总号自然大不相同。市场形势变化多端，但做生意贵在一个“慎”字，以“慎”为本，不心热，不上头。只要有这样的心理素质，就没有谋不成的事。绝不可不懂世事，妄自尊大，把大家的事不当事，视东家的本钱如粪土。一旦失误，就有可能全军覆没，血本无归。也就是如前人所说的“一账终局”，导致生意一败涂地。个人的荣誉当然也由此扫地，以后谁还敢用你？所以，无论是买货还是放贷，一定要谨慎，一定要检点再三。卖出货物务求现账，收回放贷也应以利小期近为贵。俗话说：“隔手的金子不如到手的铜”，就是这个意思。正所谓“不求有功，但求无过”，这是做生意的要道之一。当今商界也有很多这样的例子，买卖者不懂装懂，用耳朵听着做生意，自己因缺乏商业知识，分析不出真假，一味跟风。更有甚者，利令智昏，大量贷款买进货物，以求得大利益，但风头一过，货物难以出手，结果赔了个底朝天。对此类行为，前辈秦商是有严格的处罚条例的。另外，各大小分号也不能同时做同样的生意，不论这个生意眼下有多么火爆。前人把这种做法称为“失之东隅，收之桑榆”。今天则称之为“资金对冲”，也就是俗话说的“不能把鸡蛋都放在一个篮子里”。

因为泾三原一带入川的秦商总部大多设在雅安地区，雅安位于长江流域的上游地区，所采办的货物多数要经长江航道运至汉口、长沙、苏杭等地出售。所以过去的商人把长江下游城市汉口、长沙等称为下路口岸。重庆虽在长江中上游，但与雅安相比，也在下游，因此，重庆也被称为下路口岸。这些下路口岸，与上路如雅安等地的特点又有所不同。在这些下路口岸每日赶场上集所走的路也是以水路为主，采买的货以花布为大宗。这种情况下，初学生意者要多留意这些货物是从哪个集市上买的，那种花布价格又如何。等回到总店，耆台掌柜一问，你能头头是道地回答，自然为以后的被提拔重用打下了良好的基础。倘若糊里糊涂，一问三不知，根本不操心生意上的事，隔山隔水千里之外跑出来为的是逛风景，那么遣送回陕就是迟早的事了。

过去秦商入川做生意，并不是把川内所购的货物全运回陕西出售，很大一部分川货，如井盐、茶叶、虫草、藏红花等都是运往下路口岸发售的。在为所售货物制定价格时，商号规定：价格高低要根据市场的行情相机而定，同时也要考虑行道上总体的价格。当时各口岸有许多牙行（即中间商、中介）代为介绍买家，但后来这些牙行不按规矩行事，倒闭的不少，商家在市场上售货全凭自己操作，所以务求把货物尽快变成银钱，切不可为求高价而囤货不出，一旦误判其害无穷。

另外，行道上有什么货，怎样扣算费用，怎样计算损耗都是有一定规矩的。货物售出后，号内的大账要登记清楚，先将行票、货单扣算分明，再去登记往来流水，统会底账。待日后生意了结，各种清单井井有条，就不至于发生错误了。这些规矩和要求初入道者都应该留心学习。

运输花布、白蜡、山货等货物时，往来上下舟船首先要看船主是否稳健，船体是否完好，其次看船上载物是否已多。水上运输船轻是一宝，就是遇

▲ 清末民初时陕西关中地区农村的景象。

上险滩恶水，船行困难，挽舟上运，拉纤而行也不用多担心。随船货物的清单也很重要，要分门别类登记清楚，而且要有备份，不可草草了事，这是生意人做事缜密无误的基本要求。

上船下船的货物待船行后，给总号所发的快信及货单、发票等凭证一定不能少。货物价值的高低，货单上要详细注明，因为采买办理货物时的市场行情、货源状况千里之外的经销者并不知情，所以要在信中通报单上注明，这样彼此间清楚明白，售货时也就有了回旋余地。如果懒散图省事，不愿多写一个字，收货人不明底价与行情，出售时心里没底，那就麻烦费事了。在给各地寄发货单信件时，一定要仔细检查，不可匆匆忙忙，从容稳当最为贵。信件的内容与封皮也要再三对照检查，以免张冠李戴，既误事又让人看笑话。这些荒唐事初学生意者一定要避免。

凡去乡间庄头办货的，虽说自主权在经办者之手，但总要谨慎把握，万勿大意。因为到了乡间人地两生，这里的行情如何很难把握，，所以要经常与总号的耆台师长沟通联系，不可独断专行。乡间生意变化无常，较之口岸规模又有区别。凡事还是多亲临现场实地查看，以免出现意外。随身携带的银票在付款兑换时一定要询问核实再三，这样不但钱铺结账顺利，自己也能避免出现差错。有时一点点差错就可能导致重大损失，整个商号为此倒闭的情况也是有的，故不能不慎。

凡是在长江下游沿江城市售货者，街肆商场的货物行情一日数变，不易把握。所以要求做生意者腿脚放勤，于生意之事再三审视。一旦摸清了行情便要决断，应及时出手，不可优柔寡断。俗话说“货拢岸，售一半”，就是说货物一旦到了口岸市场上，应该尽快出售一半，那样就不会赔钱了。如果尽想卖出个天价，压货不出，一旦行市变动，低价抛出都来不及，到时就欲哭无泪了。正所谓“智者不失察，亦不失人”，学习生意者当谨记之。

凡往下水城市口岸销售的货物，一经到岸不可慌乱心急，主事者要以谋略分析。至于是否要延迟出售，还要等探明市场行情的虚实再相机做出决定。泾三原秦商的前辈们自己说：雅帮做下水口岸生意向来不果断，货压得时间长了就赔钱，这是“吾帮通病也”。万一货物壅塞，流动资金转腾不开，重则商号倒闭，轻则这趟生意血本无归，到时后悔也来不及了。特别是清同治、光绪年以后，南方口岸渐开，接触外人多了，见得钱也多了，牙行中介的朴实古风渐渐失去。所以，靠中介推销货物的弊端逐渐显现，秦商也渐失主动权。再加上南方人聪明狡猾，泾三原的这些秦商真不是他们的对手。俗话说“胆欲大而心欲小，智欲圆而行欲方”，大概以此法方能在与南方人交接时少吃些亏。曾见蓝田牛兆濂先生多次将此二句写成对联送人，可以看出，关中儒者向以此法作为处世良方，倒也朴实得可爱。

说实在的，我们不能说儒家文化腐朽得一无是处，其能在中国的大地上延续几千年，至今仍被重视、研究，正说明其有一定的生命力和存在的合理性，也说明其许多思想与行为准则符合中国人的心性，符合生活在中国这块土地上的人们的生活习惯。当然，如果我们想要完全恢复儒家传统的思想体系、行为准则，那么，我们就无法在当今这种社会环境中生存。但我们需要儒家文化中合理的部分来涵养我们的内心，使我们成为心地善良、彬彬有礼的君子。同时，我们也需要社会法律制度来保障谦谦君子、尔雅儒者能正常地生活在这个社会之中。如果不计成本，不论手段，只要能获得利益就是好汉的思想不加以规范，那么所谓继承传统文化、恢复传统道德、提高国民素质就是一句空话。民国以来，秦商之所以渐渐式微，除了战争、社会动荡的原因之外，其文化中的不合时宜的因素与秦人倔强的性格，也是重要的原因。

过去在重庆、嘉州（今乐山地区）的秦商以收购子盐和巴盐为大项。子盐就是官盐收购后的遗留部分，适当的时候会以合适的价格售出。这部分食盐质好价低，而且手续齐全，不犯官方盐法，所以很受市场欢迎。巴盐则是指重庆一带生产的井矿之盐。除了盐之外，重庆、嘉州一带的秦商还收购一些洋橘和糖。虽说这些货价值不是太大，但大量收购也占去成本不少，还不敢说能否顺利到达口岸，因为青龙背上的生意终究操心（青龙背即指江水、河水）。川中货运多走江水之上，随时都有可能翻船，所以让人操心。采用水路运输的生意人大多不喜采办盐、糖之类的货物，因为花布、白蜡等一旦落水，请人打捞尚有可救之处，而盐、糖之类落水即化为乌有，本利自然全无。旧时，川中运送盐糖者多是人挑马驮，很少有用船运的，就是出于这个原因。

过去，在长沙、汉口等经商口岸，多有以货易货的交易方式。虽说是各按所需，等价交换，但还是要先了解一下行情市场，同时尽可能地换一些不受季节影响，可以常年销售的货物，而且最好是自己熟悉的货物，如盐、布料等。鲜货水果一定要谨慎交换，一旦滞销就要赔本。另外，总体价格还是要把握的，这样也就避免了临事手忙脚乱的情形出现。古人云“强汉难列市”，市场上所谓的“强汉”就是指头脑易于发热的人，这些人更容易被打败。反倒是那些逆来顺受的人，更易于成功。俗话说“货压百日自醒”，“宁可货待市场，勿要市场待货”，这种经营理念和经验，特别适合那些存放周期长，销售季节长的商品，比如布匹、粮食等。这与快速回笼资金的商品相比又是另一种经营观念。但待市而出总是以能赚钱为目的，不是以价格高低来论市场的。

川南、川北等各处口岸，经过清同治年间的动荡与战乱，人心也有些变化。生意人遭到坑害之事时有发生，所以在买货卖货交接银钱时一定要谨慎，稍有疏忽，遇上个赖皮之主，难免要多许多纠缠与麻烦，获利不成，反倒赔本，给东家造成损失。凡售花布求现不得即可收期账，勿贪高价而不愿换现钱。这种生意总是以价小期近慢慢来做为好，也不会犯什么大错。至于粮食行的生意，光绪年以来牙行中介狡猾之心生起，而卖主也经常给入川的秦商出难题，这是市场竞争者渐多而经济未发达所致。另外出放到乡下的银钱，到期要设法收回，不能图利大而不分青红皂白，不考察有无偿还能力就只管放贷。川中赖账之人亦多，不能不慎矣。

泾三原的秦商入川，在雅安地区设立口岸，并立足市场，被时人称之为“雅帮”者，当在明朝末年至清朝初年这一时期。当时秦商雅帮以经营布匹生意为主，称为“布卷本庄”。起初办货之时，常常要用背篓背上银子乘船去广汉等地采买，并未设专门的分号，只是委派可靠干练的伙计来回跑货。当时买卖布匹的集散地在一个叫“黑牛渡”的地方，这里是川省东西南各路货物的集散地，采办川货极为便利。当时市场货源充足，一入集市就可以把货备齐，然后装船运回雅安总号交差，无需在黑牛渡长时间逗留。稍后，耆台掌柜因布匹运发到各地不但赚钱而且供不应求，就决定在黑牛渡对面的沙镇设立分号口岸以利办货。这样一来，黑牛渡的货源都涌到了沙镇，而沙镇也就成了新的花布经营集散地。沙镇办货可以不用船运而走陆路，避免了运输途中的危险，得利也就更多。可以说，秦商雅帮各商号生意全由此而兴隆。因此，老先生为小学徒授课时特别指出：今日社会上可做之事很多，也与过去市场有大不相同之处，但生意人唯利是从的根本是不会改变的。其他各种货物当然也可以经营，但布匹是本庄事业的基础，千万不能放弃。其他一些买卖追逐利益，朝更夕改，变化难料，而布匹为人们生活的基本物资，市场稳定，是商号发展的保证。无可置疑，老先生们的分析和训教是极有道理的。今天的不少生意人也喜欢追逐热潮，缺乏分析客观经济形势的习惯与能力。总想着今天涨一倍，明天可能还要涨一倍。甚至借钱都要买热点商品，结果风头一过，价格大跌，很是被动。在立足本业这一点上，秦商与徽商有相同之处。徽商出道时依其自然条件多从事笔墨纸张与绸缎布匹业，一是因为笔墨纸张和绸缎布匹为消耗品，也是人们生活的必需品，所以不愁销路，因此徽商从未放弃其主业特点。二是清代两湖总督张之洞在南方提倡文史之学，江南人文荟萃，文风大盛，刻书业、文具业也因此得到了空前的发展。出现了不少名牌产品，如胡开文、曹素功的墨，汪六吉的纸等等，至今名震天下。在重视主业和重视文化方面，秦商与徽商不分轩轾，但在创造名牌产品方面，由于自然条件或人们文化观念的局限，秦商在许多地方无法与徽商抗衡。

总之，做生意除了自身的努力外，时机的把握，团队的规矩是绝对不能少的，秦商雅帮本庄的基础生意是不可能动摇的。清末之时，秦商雅帮的布匹生意受南帮及川省西坝土布的挤压，损失惨重。但毕竟布匹是秦商雅帮的开山基础，有着数百年的历史积淀，根深叶茂，不易动摇。虽然布匹生意获大利已难，但稳中求进还是没问题的。

以上所谈的各项规则、要求以及从商技巧，是老先生们总结出的秦商百年创业的经验之谈。秦商入川，从创业到发达，就是恪守了这些规则才取得成功的。老话说，“三人同心，黄土成金”，大家遵守同一规则，齐心协力，开创事业、致富发财应不成什么问题。

第三章

生徒十戒

在清光绪十三年（1887 年）春天，年已六十有一的老秀才张德庵，为泾阳县将要入川的弟子讲毕了从商的规矩，但他仍不放心。张老先生根据前辈们数百年来的从商经验，根据自己在社学数载的讲学心得体会到，众生徒入川如果没有一些更为简单明了、切实可行的戒条作为护持，能否最后学成出师并有所收获将是一个问题。因此，张先生根据前辈秦商入川经商的得失，简要地制定出了十条戒规，称为“生徒入川十戒”。其中的内容充分表现出了关中儒者的品德与智慧。

一、以往的教训

为什么前辈先生在不厌其烦地宣讲了近四十条规矩后，回来还要制定出十条戒律？这是因为生徒不能自律而疏于生理，有了金钱而不走正道的教训很多。甚至有些成功的商人，富贵后淫欲之心顿生，最终败落。下面我们不妨讲上几个例子。

陕西人有陕西人的心性，陕西人有陕西人的特点。这些心性与特点，一是由于历史文化的传承造成的。比如周人“优哉游哉，辗转反侧”的柔情，比如秦人“王于兴师，修我矛戟，与子偕作”的壮怀，比如汉人“大风起兮云飞扬，威加海内兮归故乡”的霸气，比如唐人“李白斗酒诗百篇，长安市上酒家眠”的洒脱。二是由于地理环境、自然条件造成的。比如沟壑纵横，厚及千丈的黄土高原，给了陕西人朴实厚重的心性；富饶宽广的八百里秦川，给了陕西人乐观的心胸和懒散的性格；四季分明，冷暖变化，冬的冷冽，夏的酷热，给了陕西人

▲ 民国时期泾阳县入川的秦商鲁氏。从学徒到伙计，再到分号掌柜，曾经风光一时，惜后吸上鸦片，产业几乎耗尽。

极会适应社会变化的能力，同时也产生了一些“小聪明”的心理。当然，四关之内，京畿之地，也造成了陕西人飘飘然、易于满足，或近于保守的毛病。

秦商入川大发其财的人很多。清咸丰年间，在蜀中为官的李之栋作了一组《成都竹枝词》，其中一首这样描写陕西商人：“放账之分利逼催，老西老陕气如雷。城乡字号盈千万，日见佗银向北回。”“佗银”即“驮银”。旧时秦商喜用现银，故挣了钱大多会换成银元银锭之类用骡马驮着运回家乡。泾三原一带的商人挣了钱，回乡盖房子置地是少不了的事。因此旧时的泾三原一带，无论是县城、村镇常常可以见到建筑考究的房舍。或雕梁画栋，或石刻砖雕，无不展现出主人的品味与自得。有些建筑风格并非北方所固有，时时透露出巴蜀的灵巧与江南的俊秀。这足以证明主人游历之广泛，眼光之雅致，这些方面与徽商、晋商多有相同之处。徽商在外地挣了钱，大多要寄回原籍大兴土木、建房造屋。他们的原籍本乡

▲ 汉唐公房碑，又称“汉仙人唐公房碑”。碑石原在城固县以北三十里处的唐仙观内。由此图可知当时盖有碑亭。原碑1970年被移置到西安碑林博物馆。

也许贫瘠荒凉，但他们所建的房子却实在精美。墙头的砖雕、门窗的花格可谓费尽心思。现今我们在苏皖一带农村时时还能见到旧的房舍，其精美考究的建筑不能不让人遥想当年。这种秦、晋、徽商的相通点，全在于世俗的光宗耀祖观念与传统的文化追求在他们身上的汇集。当然，秦商与徽商毕竟因自然环境与社会环境不同而各有特点。秦商规模较小，且有钱后多居于城镇，所以，他们在县城、镇点多设有商号、银号。据清末民初时的统计，泾阳县内规模稍大一点的钱庄就有九个，即长庆和号、积顺裕号、日升号、吉盛福号、益盛号、天锡成号、积盛祥号、丰成西号、积厚昌号。再加上一些当铺也从事金融服务，可见泾阳县当时的经济状况之鼎盛，这些金融兴旺也是秦商事业盛况的一种表现。清末民初三原县的金融业，在当时似乎更加热闹一些。首先，中国银行、陕西秦丰银行在三原县都设有支行，而三原本地有一定资金实力的银号、钱庄多达二十八家。他们是官钱局、笃盛和号、福兴魁号、新成复号、利益成号、福聚店、谦益成号、义隆秦号、顺天成号、复成和号、乾秦升号、新兴魁号、义丰永号、长庆玉号、永成玉号、德盛裕号、玉宝源号、立盛祚号、天得德号、铜钱老局、聚信丰号、万福隆号、益丰祥号、长义长号、共和号、福兴茂、积盛魁号、义长兴号等。仅从这些钱庄的繁荣就可看到，清末民初时，历经数百年的经济发展，泾三原一带已经是傲视全省的富庶之区了。这其中有一大半功劳应归于入川经商的秦商。当然，运回泾三原的不仅是银子，金货也不在少数。金子多了就产生了一个特别的行业——金叶子制造。金叶子即金箔，当时全陕西省仅三原一个县有金箔制造这种行业。金箔多用于装饰家具、房屋建筑、佛像等，过去说的“金装佛像”就是指用金箔贴装佛像，并不是刷上金水。

还是接着说《竹枝词》。秦商把钱挣下了，有些人的脾气也就大了，事事都要讲些排场。成都城内的陕西会馆是明清以来成都最大的外省会馆，再加上其他大大小小的商号店堂，这些秦商们每年接待各地来的戏班演出恐怕不下数百场。清光绪二年（1876年）四川人吴好山在《成都竹枝词九十五首》中写道："秦人会馆铁桅杆，福建山西少者般。更有堂哉难及处，千余台戏一年看。"说一年看"千余台戏"似乎有些夸张，但大大小小的秦商堂馆加起来一年演上数百场戏应该没有问题。另外，定晋樵叟《成都竹枝词》中也形象地记录了秦人看戏的场面："会馆虽多数陕西，秦腔梆子响高低。观场人多坐板凳，炮响酬神散一齐。"陕西人不仅爱听戏，脾气还大得不行，戏班稍微开演迟些，就等不得了，非发火不可。清嘉庆年间四川杨对山《锦城竹枝词百首》有记："戏班最怕陕西馆，纸爆三声要出台。算学京都戏园子，迎台吹罢两通来。"过去京城戏园子演戏之前要打三通鼓，也就是奏三通鼓乐。三通鼓打罢，客人也就到齐了，下来便可开戏。行内把头通鼓称为"吹迎台"，这是为收拢观众起定场作用的。但成都陕西会馆演戏前的三通鼓不是戏班打的，而是会馆自己来的。就是在开戏前放三次炮仗为号，头炮、二炮、三炮，三炮后还不开戏，下次就不会再请这个戏班来演戏了。这种规矩在成都城中是唯一的，足见秦人个性急燥，也是有钱人脾气大的表现。

当然，有了钱除了吃喝玩乐之外，秦商在川中娶妻纳妾也是常见的事。所以，当时老成都人都埋怨说，成都的女儿都被外地人娶走了：“大姨嫁陕二姨苏，大嫂江西二嫂湖。戚友初逢问原籍，现无十世老成都。”(杨对山《锦城竹枝词百首》)。要是明媒正娶，秦人娶个四川女人也无可厚非，但常常是有钱的秦商娶了一个又一个，有些人甚至买下小女子运回秦中或外地，不知作何打算。清宣统元年(1909年)，日本画家福田眉仙来中国写生旅游，用他的画笔记录下了大江南北、黄河两岸的许多民风民俗。在照相机尚未普及的年代，这种用画笔形象地记录当时民俗场景的做法，让后人可以直观地感受到百十年前的人文景象，从而能了解我们的过去，这不能不说是一大功德。在福田眉仙的这部《中国大观》中，有

▲ 日本画家福田眉仙于清末所绘陕西商人发财后娶了四川小女子回家的情景。

一幅图画正与本书的话题有关。图中有两个人抬着轿，轿中坐着两人，其中脸庞稍大的应是男子，他侧着头，端详着旁边脸庞稍小的人，后者从头饰上看肯定是个女子。图画下方作者写有几行字：“陕西人买了四川的小女子还乡”。

前面说过，民国时期成都《四川日报》曾编辑了一套丛书，其中有一本任乃强所写的《西康诡异录》，内容多有描写秦商在川西地区活动的情况。其中记述了一个秦商由发财到衰败，更沦为剃头匠的例子，描写得生动有趣，极有意思，今录出来与读者共享。

瞻化一县无剃头匠，县署官吏皆延请一商人剃头。其人姓高，陕西籍。向以壮年经商来此，为做鹿茸、麝香商人。娶蛮妇，生有子女。后因迭遭匪劫，资本耗尽，与他商店充当填充，因陷于瞻对。当其经商时苦草地无剃头者，自购剃刀一把，便与侪辈互剃头发。其后业败，遂以剃头自给，又不受剃头匠名。有人顾彼，必婉言曰：“闻你有剃刀，请替某剃头。”虽县知事亦然，酬金一二元不等。员司清苦贫窭者，或酬半元。必婉谢曰：“高大爷，劳你手了，念我清苦，仅备茶资半元。”始能受也。高老陕仅有一剃刀，无磨刀及其他物件，刀钝技拙，剃时剧痛，高亦自惭，以陕语自解云：“刀钝未磨，叫委员受疼，但又较蛮子剃头好，蛮子剃头更疼。”言时以刀向其皮靴上摩擦不已。

文中“瞻化”即原西康省一地名，位于川滇交界处。清朝时归瞻对土司管理，所以文中亦有“因陷于瞻对”一语。清末宣统年间，清政府收回瞻化管辖权，改为县制，设瞻对委员，故文中又称县衙人员为“委员”。

过去，有一部分入川经商发了财的商人，抵不住诱惑，纳妾、嫖娼、享乐，特别是川西南地区鸦片种植流行，鸦片又便宜，个人又有富余的银钱，稍有人引诱便会上道。“青年到此，不识利害，枉死者甚多。”（《西康诡异录》），笔者年前曾去泾三原一带采访，不少秦商的后人都感慨道：“先人最后都是抽上大烟把生意弄败了，东街这学校过去曾是咱的，西街那一排门面就是咱的马号，都让大烟给交代咧……”

这种种的教训，历来文献资料、小说戏剧都说了不少。所以前辈老先生为入川前的年轻人制定各种规矩，宣讲各种戒律不是没有道理的，自有其担忧之心隐在其中。至民国时期，奢侈之风更不可止，陕西人不得不喊出“少不入川”的口号。

二、《十戒》是秦商的文化遗产

所谓《十戒》，实际上就是对秦商入川数十条规矩的浓缩与精炼，把数十条规矩提炼成《十戒》，正是便于让生徒们牢记，在离开了家乡的父母，离开了老先生们督导的异乡，时时鞭策对照，顺利成为有文化素养的秦商。透过这十条戒规，我们不仅可以看出关中儒者的特色文化，秦人正直、诚实的习性也于其中展现无遗。下面让我们读一读这《十戒》吧！

生徒十戒：

一戒：宴眠宴起，无能用心者，伙有定例处分，焉能姑免，慎之慎之。

二戒：偷闲苟安，不能恪守伙规勤习生理，疏于正务，如违不宽，务宜虚心可也。

三戒：初回幼学，常存谦虚之心。时守台等教导，切勿志大，终始良有益也。

四戒：穿着或总或路，总宜淡泊布服为佳，勿可任性浪穿。远乡千里，当思家计为难，可不慎欤。

五戒：凡买大小物件，宜乎达明柜上，通知者台，勿可阴违擅专。一经查出，伙例难恕。种种达明不可知也。

六戒：嗜酒、滥交、拈香、拜把、寄收干儿干女、暗费号内银钱等事，皆出伙例之外，万不可做。倘若干犯，亦照例办，切记勿忘。

七戒：违规博弈，嗜吸洋烟，日习怠玩疏于正务者，亦照伙例办。此乃自作，情实难恕。慎之慎之。

八戒：初回或住总堆，或居口岸，归里之期历有定规，年限不敷或号内乏人总难曲留。倘有不法，终始执拗者，定以伙规议处。可不慎哉。

九戒：出乡办事或买货物，或收各欠，首以稳妥截便为是。切莫留连宴会，荒唐致号务于度外。

违者难恕，切记！切记！

十戒：肆行妄为不能恪守约束，只有命其归家。非号无能姑贷，尤恐紊乱号规。学者猛省，不可不慎也。

关中宣传生员明斋张照手著，系泾邑西乡河范村人氏，在社树馆业经七载。情缘众徒多习生理，故而特编此。本年已花甲有一，敬书于光绪丁亥岁梅月既望日。

中国传统上将社会上的各行各业分为三十六行、七十二行、三百六十行等等。各行各业都有自己的祖师爷，都有自己的行规。遵守行规不仅能保障本行业、本部门兴盛发展，同时也能保障从业者个人的利益。从上面秦商入川的《生徒十戒》中我们可以看到，几乎每条都会提到“照伙例办”一词。显然，《生徒十戒》并不是“伙例”、“伙规”，秦商各字号的“伙例”、“伙规”应该更具体、更严厉。可惜我们现今无法看到完整的文本。但从家乡老先生为生徒们所讲的入川规矩来看，其中却也包含了不少“伙例”、“伙规”的内容，为今人了解、研究秦商入川从商的运行、发展提供了较为可靠的史料。同时，我们也从中看到：秦商延续数百年的兴盛与发展，与这种双轨教育，特别是这种从商前的道德教育大有关系。泾三原一带不仅是关中平原上的富庶之区，同时也是教育事业的发达地区。明清以来，许多著名的书院、学堂都在泾三原这一区域之中，陕西历史上许多重要的思想家、学者、文人也产生在这一区域。文风之盛，文脉源远，也为其他事业的发展提供了文化基础上的保证。从民国初年的记载来看，当时泾阳县城内设有“乙种农业学校”一所，“高等小学校”一所，“商务研究所”一所等。三原县城内也有“商业研究会”、“蚕业讲习所”、“学务局”等学术机构。由此我们可知，泾三原秦商的兴盛，基础教育是其根本。有具备了道德品质、文化修养的人，这个行业才能发展壮大，才能后继有人。

第四章

入川之路三千里

自古以来，由关中翻越秦岭过汉中，入四川，有五条道路可走。一为北栈道（又称连云栈），二为褒斜道（其中一部分与北栈道重叠），三为傥骆道，四为黑水蒲河道，五为子午道。在这五条翻越秦岭的道路中以傥骆道（南至洋县的傥水河口，北至周至的西骆峪）为最近，但山高路险，行者甚少。子午道与黑水蒲河道也是山路崎岖难行，不是翻越秦岭的最佳选择。所以，旧时秦商入川多走北栈道与褒斜道，而以北栈道为主要路线。虽然北栈道也要翻山越岭，涉水过河，但相对其他路线，这里的道路还是要宽展许多，也利于行人与骡马行走。翻越秦岭到达汉中境内后，并不进汉中城，而是从汉中城西面南下，进入宁羌（今称宁强），再进入四川省的广元地界，由此而经梓潼，而经成都，而经新都，最后到达雅安。虽巴山蜀水也是连绵不绝，但比起翻越秦岭的艰难来，那真是小巫见大巫了。

从陕西省的泾阳县启程，至四川省的雅安（又称雅州），路途之上秦商前辈安排有三十个休息的客栈，共两千五百六十华里。按曹操将兵之法，多多者益善，故将题目写成“入川之路三千里”。泛称而已，非是精确地计算路程之数，读者不可不知。

一、从泾三原启程

泾阳与三原县是土地紧紧相连的两个县份，两个县的县城相距不过三十里，人员之间的联系也十分密切。所以，旧时计算入川路程，自泾阳县与三原县启程基本相差无几。因为这里所使用的资料许多来自泾阳张德庵先生，故计算路程以泾阳为起首更为便当些。秦商前辈们经过数百年的实践，把从泾阳到雅安的全程分为三十个站（客栈），这样既便于记路、行路，也便于安排食宿。老先生还把路上全部的站店编写成诗歌，以便后来的行路之人记取。

统计路程歌：

醴菊岐宝黄凤南，

留马褒沔大宁转。

朝广昭剑剑武梓，

沉皂盂汉到成都，

新邛百雅三十栈。

从泾阳出发，第一天在醴泉县住店休息。这一天要走九十华里，因为关中平原道路尚好，所以，第一天没少走路。醴泉者，甘美之泉也。古时本县因有醴泉宫而得名。今将醴泉县改做礼泉县，已失其历史内涵与雅意。

第二站住菊村，距醴泉县九十华里。菊村之西二十里即法门寺，检今日所出地图册，法门寺附近未见有菊村之名，所以推测菊村当在今扶风县东部召公乡一带。

第三站住岐山，这一天要走八十五华里。早一点休息，明天可以多走一些路。

第四站住宝鸡，这一天走了一百一十华里。从岐山出来东西方向就是西安至兰州的官道，较为平坦宜行。这条西兰大道在民国二十四年（1935 年）经过大修后通车，成为抗战期间西北大后方配备军用物资的重要通道，也是陕西近代工商发展交流的重要通道。

第五站住宝鸡凤县交界处的黄牛堡，又称黄牛铺。这一天要走一百零五华里。从宝鸡出来至此就开始翻山越岭了。

第六站住凤县，这一天走一百一十华里。秦商行至此处一般多住县城之外，因城外道路宽展，马匹行李装卸方便，而且城外吃食便宜。

第七站住南星，今天走八十五华里。南星在凤县县城东南方向，今仍用此名。

第八站住留坝厅，今天行路计一百华里。留坝本属凤县管辖，明朝初年设置留坝巡检司于凤县城南，又改为留坝厅同知，划凤县东南一带属其管理。厅是清代地方行政单位名，属知府管辖，在少数民族聚集区多设厅。留坝今设置为县。

第九站住马道，又称马到。此段路程要走九十华里。从留坝至马道直线距离约五十华里，因为是山路，山间之路上上下下就要九十华里了。马道为乡镇，在留坝之南。

第十站住褒城县，此日计走路程九十华里。褒城县原址在留坝、沔县、汉中三地交汇处，明清时属汉中府，民国时期延用，1958年撤县改为褒城镇。

第十一站住沔县（今作勉县），此日行路九十华里。从褒城县至沔县道路较为平坦宜行。

第十二站住大安驿，此日行路九十华里。大安驿今属宁强县，仍用旧名，大安旧为县，今则为镇。

第十三站住宁羌州（今为宁强县）。此日行路八十五华里。宁羌设州始于明代之初，境内多居羌族，故以羌名其县。

第十四站住转斗铺，今日共行八十华里。此时已进入四川省广元地界。

第十五站住朝天镇，此日行路计六十华里。朝天镇在广元县以北，因此处去广元山路极陡峭难行，故歇此在地也可方便乘船前往广元。

第十六站住广元县（今为广元市），此日行路共九十华里。广元现为川陕之间第一大市。

第十七站住昭化县（今则为镇），本日行路五十华里。每日行程有多有少，皆因山路难行，道途不

▲ 武侯祠山门旧影。在勉县西五里处。古木萧疏，院落清雅，倒是凭吊古人的好去处。

▲ 武侯墓园大门旧影。原址在勉县城南十里处。大门上书“武侯墓”三字，书体浑厚。

▲ 勉县定军山中之仰天凹旧影，相传当年诸葛亮曾屯兵于此。

清，为顺利踏入栈店，也出于安全考虑。昭化是入川途中秦商重要的休整地，至今昭化古城某客栈大门口仍挂有形容秦商往来的对联：“日过很多老陕，夜宿不少秦人”云云。据闻，近年陕西某地官员过昭化时见此联后大不悦，认为是在骂陕西人，并要求客栈撤下对联，这不免有些矫情了。其实也不必过度联想，这毕竟是旧时遗留下来的文物，通过它至少能清楚地反映出当年秦商入川的盛况。如果说文辞之中易衍生歧义，那都是因为餐桌上段子讲多了的后遗症而已。

第十八站住剑阁，此日行走六十华里。剑阁为战国时期张飞镇守之处，故蜀汉遗迹甚多。剑阁今为县制。

第十九站住剑州，此日行路六十华里。剑州即今剑门关镇。

第二十站住武连驿，此日行路八十华里。武连驿今为武连镇，属剑阁县管辖。

第二十一站住梓潼县，今日行走八十华里。梓潼以县东有梓林，县西有潼水而得名。汉时设置，

▲ 古虎头桥碑。原碑在南郑县北门外，传说三国时马岱斩魏延于此桥头。照片上石碑为民国二十二年七月重立。亦是陕南历史文化的遗址之一。

▲ 褒城县古山河堰示图。

西魏时移县至梓潼南三十里，更名安寿县，隋时复旧址，旋改回梓潼名。

第二十二站住沉香铺，此日走路八十华里。沉香铺在绵阳东北方向，今为沉香镇，有水库甚壮阔。

第二十三站住皂角铺，此日行路七十五华里。皂角铺在绵阳西南，今称新皂镇，似与旧时相邻的新铺子合为一镇。

第二十四站住孟家店，今日走路计九十华里。孟家店距德阳市以北二十华里。今无此名，应归于今黄许镇界内。

第二十五站住汉州，今日行路计七十华里。汉州当在今德阳市区内，距今向阳镇（旧称向阳场）以北二十华里。

第二十六站住成都，此日行走九十华里。为便于出入成都，秦商多往城内南门一带。

第二十七站住新津，此日行路共九十华里。成都平原路甚好走，江河纵横亦可乘船。

第二十八站住邛州，今日行走九十华里。邛州即今邛崃市。

第二十九站住百丈，此日共行路程计八十华里。百丈今为百丈镇，在雅安以北。

第三十站到达雅安，今日行路八十华里。雅安汉代置县，为雅州府治，历代为通往藏区的驿路起点。

从陕西泾阳县出发，要经过三十站，也就是说要经过三十天方能到达四川省雅安县。这还是说在天气良好的情况下，在道路未发生意外的情况下才能完成的。若遇刮风下雨，路程安排就要发生变化，前人谓之“破栈”。一旦破栈就不能按行程住宿了，延迟十天半月到达雅安也是常有的事。所以，前辈老先生在为生徒们讲《路程歌》时还特别发了一段感慨：“因为家计甚艰难，不得已而赴四川。沿途景色虽可观，山路崎岖举步难。拢店虽食肉米饭，想起家中泪不干。堂前父母无人奉，丢下妻孥甚可怜。忍耐苦把经纶转，得利锦里荣祖先。为人若能存此心，不枉男儿生世间。”

二、艰险途中左顾右盼

正如上文前人诗中所言："沿途景致虽可观，山路崎岖举步难。"从陕西泾三原到四川雅安的总商号，实在不是件容易的事。反过来说，虽山路崎岖难行，但有着文化气息的秦商，还是忍不住要在艰途之中左顾右盼，欣赏美景，凭吊古人，体会历史。所以，在这一章节中，我们要把从泾阳出发到四川雅安的全部栈点列出来，这样不仅可以见到秦商入川的全部里程表，为后人研究提供详细的资料，也可以从这些线路栈点上看出，秦商们是怎样关注、怎样欣赏这些历史遗迹的。

泾阳县启程：

至临泾镇，三十里（均为华里，以下同。）。

至韩家店，十五里。

至西张堡，十五里。

至皮军寨，二十里。

至醴泉县，十里。

此一栈共计九十华里。

醴泉县起程，过土岭坡。

至大礼村，十里。

至王乌村，十里。

至杨凡村，十里。

至千东镇，二十里。

至大北沟，十里。

在大北沟半坡有关爷庙（关公），昔有一烈女，抱周爷（周仓）腿而化。烈女何以在关爷庙抱周仓腿而死，是慕其忠义？不得而知。

至新店镇，二十里。

至油峰河，十里。

四面靠塬，一上一下。大水之月过河踩水。“峰”，字书上无见，或为“洚”字异体书写。《说文》：“水不遵道也。”即是说河水不按河道而行，经常改道，谓之“洚”，读如“绛”。此河应是山涧支流，故平日水极细小，而大水雨季则需踩水而过。

至菊村，十里。

此一栈共计路九十里。从菊村到法门寺要走一段武功县内的路程，说到武功就会说到康海康对山，说到康对山就会说到《武功县志》等他的著作。特别是今天仍是家喻户晓的《中山狼》就是康对山写作的。据说此剧是为了讥刺明代弘治元年陕西乡试第一名进士、文学界前七子之冠的李梦阳而作。明代正德年间武宗朱厚照宠信太监刘瑾，任其为内官监、总督团营，掌司礼监。后刘瑾又立厂卫，权倾一时，如戏词儿上唱的“一人之下，万人之上”。李梦阳因替人起草弹劾刘瑾的疏状被揭发，于是刘瑾寻隙将其下狱并处死刑。事发之前，李梦阳写一纸片，上写“对山救我”四字，托人送给康对山。康对山以李梦阳是才子，又是陕西乡党，故言“吾何惜一官，不救李死。”遂前往刘瑾府上拜谒。刘瑾是陕西兴平县人，素来敬重康对山。康对山来拜，他非常高兴，当面夸奖康氏“真状元，为关中增光。”康对山回答道：“今关中有三才，古今很少见。”刘瑾惊异地问：“哦，三才都是谁？”康对山说：“先生（刘瑾）之功业，张尚书之政事，李郎中之文章。”刘瑾想了想说：“你说的那个李郎中莫非就是那个李梦阳？那家伙应该是杀无赦才对！”康对山说：“杀是应该杀，但杀了他关中就少了一才！”刘瑾虽是心中不快，但还是听了康对山的话，第二天上朝奏明皇上赦了李梦阳的死罪。刘瑾对康对山非常器重，欲举荐他为吏部尚书。但康对山知道这并非好事，极力辞之。结果过了两年，就是明正德五年（1510 年），刘瑾即被明武宗抄家处死了。康对山也被株连，罢官免职，落为平民。此时李梦阳仍在官位，却不愿为康对山讼冤，所以康对山就写了《中山狼》以为讽刺。《中山狼》收入《盛明杂剧》之中，署名康海撰。另有一说为马中锡作，或有其他依据。

菊村起程：

至法门寺，二十里。

翻大沟有神塔一座，真乃壮观。此塔或即法门寺塔。苍凉的土原上古塔耸立，映着朝霞，能不壮观？今法门寺周围已无苍凉之感，华丽的手指式巨塔比古塔高出许多，为古人不可想象。

至字沟河，五里。此处有河，今称七里河。

至清化镇，十里。

至马尾沟，十里。

由此正东即往西安府之大路也。

至龙尾沟，十里。龙尾沟又称龙尾铺，为旧时官驿行者的休息之地。民国以前，每县都有大驿站，县与县之间的距离如果超过了一百华里，中间一定会设置驿站以供行者休息。驿站铺舍旧时皆为官办，大的驿站甚至还有马房、马神庙及卷棚戏楼等等。清末以后，驿站原有的功能已失，而驿站铺舍就仅作为地名了。在龙尾沟旁又有龙尾坡，唐僖宗中和元年（881 年）三月，黄巢在此地与唐兵大战，因轻敌而大败。龙尾沟今不知作何景色，当年则有山水之胜。元朱铎《龙尾春波》诗云："箭括一片云，化作千山雨。奔流龙尾沟，春波深无底。"

即其写照。

至砚瓦沟，十里。其沟出砚台甚佳。砚瓦沟当在岐山县城东之十里处，或是故郡与黄家沟道一带。此处不知出何种山石可以为砚，史书上亦未见记载。民国二十二年陕西实业考察团的调查报告称：岐山县砚瓦沟、梁家里一带仍有约二十余户制作砚台。砚台大小不定，价格也不一。当时调查者称是做石砚。询之当地人士，知旧时有石砚纹如罗纹，质稍软，今已少见。或称砚瓦沟也有用土烧制瓦砚的，如陶砚之类，不知当地是否有记载、有传说。汉唐之时，砚台多为陶土烧制而成，如唐的铲形砚、宝相花形砚等。地名为“砚瓦沟”，应与瓦陶也有关联，还望当地博物者考之。

至岐山县，十里。岐山县城中有一古塔，传为宋代所建。与古塔相对的是一钟楼。四条大街即以钟楼为中心。清张船山《岐山》诗吟道：“地脉连丰镐，岐阳草木灵。溪璜荣渭水，石鼓剥周铭。细柳凝官绿，遥山簇帝青。栈云西望合，愁问短长亭。”

▲ 古栈道之上有许多关隘小城，都有汉初至三国时楚汉、蜀魏征战时留下的遗迹。这些小城也为以后川陕道上的行人商旅提供了食宿的方便。

▲ 民国二十一年陕西实业考察团全体成员在褒城县与当地各界人士合影。

▲ 陕西实业考察团南路全体团员在留坝县留侯祠内合影，时在民国二十一年九月。这次考察为今人了解陕西当时的社会经济状况留下了珍贵的资料。

真是贴切的行旅之诗，一种惆怅油然而生。岐山县东门上旧题有“凤鸣”二字，西门题有“怀邠”二字。应是取“凤鸣于岐”与周王由邠迁岐之意。岐山多出美男子，特别是眼睛长得漂亮有神。旧有歌谣唱道：“凤翔头，宝鸡脚，岐山的娃娃好眼窝。”眼睛大而有神，或是周人的遗传吧。

此一栈共计路八十五里。

岐山县起程：

至洪水河，五里。其他过一小河，大水之月踩水而过。洪水河今作横水河。关中方言“洪”、“横”同音。

至安家渠，二十里。此处古渠今多改为新名，如“跃进渠”、“东风渠”、“长洞渠”等。

至第五村，十五里。旧时周边另有“第二村”、“第四村”等，“第五”应是复姓，而第二、第四为姓氏者则少见。有人称从第一到第十皆为姓氏，以次第为姓氏者古书曾有记载，但今日已极少见。第五村在宝鸡与凤翔东边交界处。

▲ 岐山县有甘棠树，传为周朝时所植。

至油房村，十里。

至有礼村，十里。

至余家村，十里。不远处有河，大水之月须踩水过河。此系太公钓鱼之处。

至底后镇，五里。底后西场口外有一石鳖。石鳖即石龟。关中人旧时常将龟称为鳖。龟为骂人之词，前人多讳之。

至斗鸡台，十五里。台上有张三爷倒翻饭罐一个。

至宝鸡县，十五里。张三爷得道处。张三爷即张三丰，明时辽东人，名张全一，又名君宝，号三丰。传说张三丰曾于金代时修道于宝鸡。以其不修边幅，寒暑唯一衲一蓑，故号张邋遢。曾前后来宝鸡金台观修道数次，后云游蜀中。金台观像前旧存张三丰拐杖一根，倒翻耳瓦罐一个。当地人言，当年真人修道时，其侄女来送饭，每见其舌长能舔到罐底，就笑着问他："能把饭罐翻过来不？"张三丰说："可以。"于是就把饭罐翻过来舔了一遍。所以这个陶瓦罐的双耳就被翻进罐内了。

又有一说，此张三爷即传说中八仙之一的张果老。张果老即张果，字子园。因其成仙后高寿，后人就称其为张果老了。传说张果老在中条山修道成仙，常骑一白驴日行千里，悠游天下。唐太宗时曾召其而不应，唐玄宗时册封其为仙翁，武后时诈死于妬女庙，使武后不能召见。以后数十年间张果老忽隐忽现，不知踪迹。因唐玄宗册封张仙人碑文中有“邢州广宗人也”。故河北《邢台县志》定张果老为邢台人。另外还有山西、甘肃等地也称张果老故里在其处。而清末日本画家福田眉仙在宝鸡采访时则称：张果老张子园的故里在宝鸡底店镇，并绘有一张《张子园故里图》。此应为当地关于张三爷的另一种传说，相信不会是福田眉仙的杜撰。以上数种说法虽各有异，但正是研究当地民俗变异的珍贵的资料。

此一栈共计路一百一十里。

宝鸡县起程：

至杨家沟，十里。

至王道坪，五里。

至二里关，五里。

至观音堂，十里。破栈多歇此处。按：所谓“破栈”，即因天气或其他原因而不能到达前栈，需要在中间休息住店，也就是说未能按计划进行到前栈者即是“破栈”。此栈距前栈黄牛铺有五十里，路途不近，若强行，中间遇上情况将是前不着村后不着店，非常危险。因此，选取此段路程中的观音堂作为备用栈店，非常合理。

至半坡铺，十里。

进山时行人多需备手杖一根，以便爬山涉水。而所用木杖即出于此地山间。另外，还有专门为老人所制的龙头拐杖也出此地。半坡铺过去五里即煎茶坪此地亦出木质坚韧的手杖。由煎茶坪上山全是羊肠小道盘旋在山谷之中，仰天遥望，宛如井中观天。时时遇见浓雾笼罩而来，混混沌沌如入仙境。前人将此条入川道路称之为“连云栈道”，即由此景而得名。

至东河桥，十里。又称“冻河桥”。

在太白山后，天气寒冷，虽夏天亦需长衫。

至黑龙沟，五里。

至石窑铺，十里。

至暴家庄，五里。

至黄牛铺，十里。宝鸡、凤县交界处，又称黄牛堡，因附近有黄牛寨山而得名。宝鸡凤县由此分界。宋嘉定十二年金人败宋兵于此地。

此一栈共计路一百零五里。

黄牛铺起程：

由此开始道路渐险，如果行动不便或不能够长时间走山路者，在此地即可雇滑杆（人力轿子）。雇佣滑杆轿子的事一般客栈老板会为代办理，但要立一个简单的字据，规定路程、金额等。轿夫饭钱一般不用管，但可随意赏点酒钱。轿子有二人抬的，称为“对肩”；有三人抬的，前二后一，称为“三顶拐”。在川陕道上抬滑杆轿子的基本上都是川籍人士，因为他们善于走山路，也能吃苦，其他地方的人难以胜任。抬滑杆是有一定讲究的，路上遇见行人需要避让时，他们定会以川音来唱歌以为沟通，这也是为给行人打招呼。如唱“天上光光，地上一口塘”，这就是说遇上妇女了。“左边一个驮，靠右偏一个”，这是遇上驮货的牲口了。川陕道上这些抬滑杆的一唱一和，颇有韵调，为艰险的山路增添了不少生气，也调节了旅途的艰辛与寂寞。

黄牛铺前十里即北星镇也。

至转桥镇，十五里。

至红花铺，十里。后称红花寨。破栈多歇此处。

至草凉驿，十五里。又称草粱驿、草粮驿。驿就是古代为官方行旅、军队提供休息地、配备粮草的驿栈，如后来的兵站、基地。

至五星台，十五里。即武星铺。

至白家店，十五里。

至王家台，十里。

前十里即近三湾，又称作“荆稍湾”。

▲ 北栈道又称连云栈，是关中通往陕南、四川相对较易行走的翻越秦岭之道。旧时秦商多走此路，今日观之，山势峥嵘，亦不便称为容易。

至白铺子，又称白子铺、白石铺。十五里。

至凤县，十五里。凤县东门城上镶有“古凤州”三字石刻。

此一栈共计路一百一十里。

凤县起程：

前十里即望乡亭。若走小路，进右手河沟，由大安驿河沟而出之矣。

至烟通沟，十五里。又做烟洞沟。刻下破栈多宿此处。“刻下”，即指清光绪十二年前后。

至凤岭，五里。凤岭山顶上建有一木牌坊，牌坊上悬有一匾，上书“去天尺五”。“去天尺五”，即言凤岭为此段山脉最高处，也是全栈道最高处。行路之人到此定会感叹一番，观观风景，歇歇身子。一来由此可知自己的脚力；二来借此忘却旅途的辛苦。现今走北栈道的机会很少了，不知凤岭上此牌坊尚在否。

至心红铺，十五里。清末民初时，此地仅有八户人家。但仍可在此地打尖用饭。

▲ 轿夫抬着轿子过河，时不时还会唱上几句山歌。旧时川陕西道上的轿夫多是四川人。

至三岔驿，十五里。三岔驿西即心红峡。

至留凤关，十里。路旁有“楚项羽封章邯处”石碑，此即古废邱关也。清曾国藩《废邱关》诗：“项王西入关，叱咤何雄哉。鼻息撼山岳，号令如轰雷……废邱亦善地，百里辟蒿莱……行人一长叹，万壑悲风回。”自古以来，此关即是秦中通往汉中、蜀中的重要通道，也是翻越秦岭的艰辛之道。因为经此处要过嘉陵江，而雨季江水暴涨时无法通过，于是经常入川的秦商就集资修建了一座木桥，题为“恩德桥”。废邱关之名，《古今地名大辞典》等几种地理地名书均未见载，记此以补地理书之不足。

至南星，二十里。此一栈共计路八十五里。

南星起程：

至榆林铺，二十里。过柴关岭，有张良辟谷修道之处。即古陈仓山峪，路旁立有石碑。

至松林驿，十里。此条线路上不少地名有“驿”字，可见此线乃秦汉以来关中通往汉中及入川的重要官道。秦商选此道入川，自有其安全与便利之处。

▲ 韩信的“斩陈仓樵夫之墓”。韩信投汉时，为避西楚兵士追赶而迷路，问道樵夫又杀樵夫。后世觉其残忍，又欲为韩信弥罪，故生出一个樵夫墓来，秦人之善良由此可见一斑。墓在留坝县后七十里陈仓沟内。

▲ 古陈仓桥旧影。桥头原有古碑，并建有碑亭，今不知所在。桥址在留坝县北七十里连云寺村旁，过桥入山口即是陈仓古道。由民国时所摄照片上看，陈仓古道较为平缓，难怪秦商多选此道进入四川。

至高桥铺，十里。

前七里即柴关岭也。清曾国藩有《柴关岭雪》诗，其中“我行度柴关，山关惊我马”之句，描绘出了柴关岭险峻难行的景象。想前辈秦商徒步而行，艰辛更可想而知。

至庙台子，十五里。庙台子南即张良庙，有紫柏高耸，乃张良当年辟谷处。此庙修得极雅致。

“蜀道崎岖巍巍显，举步维艰甚森严。南星本是陈仓峪，萧何追信在此间。古道犹存陈迹景，转瞬留侯辟谷山。庙内修的真壮观，后山培补是茅庵。麻鞋草履入仙径，不染红尘万世安。”以上为泾阳张德庵先生《张良庙》诗，将张良庙的历史道得明白，可为后生学习。庙台子山中有铁矿，故旧时此处生产的铁锅亦佳，远近闻名。

至枣木南，十里。又称枣木栏。

至乱石铺，十五里。

至小留坝，十里。

至留坝厅，十里。这里人烟稀少，山林茂密。

▲ 凤岭远眺。凤岭在凤县南二十里处，为川陕道中最高处。山顶旧有一木牌坊，上书“去天尺五”四个大字。是言此山峰之高。

松、杉、桧等树木高大，直可参天，许多原始森林千百年来斧钺未曾触及。昔年好城，刻被贼乱。“刻被”指清同治年间动乱。

此一栈共计路一百里。

留坝厅起程：

前十里画眉关，此一栈有二十四个马鞍桥。“马鞍桥”非是桥，乃是指起伏较大的山路，因其两头低中间高，形如马鞍，故以“马鞍桥”称此类道路。自汉朝以来，特别是明清之际，秦岭山间修筑道路多采用火烧水激破石凿路法，称为“碥道”。当时修路不可能用大型机械，也不可能用太多人力移平山石。只能辟难就易，随山势而起伏，因而就造成了高低起伏剧烈的“马鞍桥”形道路。清顺治丁亥四年（1647 年），进士宋琬（字荔裳），曾任四川按察使，他的一首长诗就刻在褒斜古道的摩崖之上。诗中把古道的历史、修造经过、路况描绘得细致入微，为后来之人了解褒斜古道提供了宝贵的资料。下面就把全诗录出，以飨读者：

▲ 川陕道上常需要蹚水过河。

▲ 留侯祠所在地紫柏山，因其山上柏树皮为紫红色，故而得名。紫柏山树木茂盛，翠竹夹道，夏季至此，更是宜人。

▲ 汉张良留侯祠全景旧照。祠在陕西留坝县北十五里处，树木丛生，百草丰茂。祠旁有小街，房舍古朴，居民逸然，真人间仙境。

▲ 留侯祠，当地人称张良庙，庙内塑有黄石公像。传说当年张良得仙人黄石公传授异书而成军事大家。后辅汉高祖刘邦灭秦楚而平定天下。此照片上可见黄石公像前悬有一联，下联文曰“圣人乃帝王之师”，真儒家观念。

君不见梁州之谷斜与褒，中有栈道干云霄。伸手可以扪参井，下临长江浩瀚汹波涛。大禹胼胝恐未到，帝遣五丁开神皋。巨灵运斧地维坼，然后南通巴蜀西羌髳。蛇盘萦行六百里，千回万曲缘秋毫。悬车束马，弗克以径度，飞腾绝壁愁猿猱。汉家留侯真妇女，烈火一炬嗟徒劳。噫嘻，三秦之人困征戍，军书峰午如猬毛。衔枚荷戈戟，转粟穷脂膏。估客尔何来，万里竞锥刀。须臾失足几千仞，猛虎蝮蛇恣贪饕。出险洒酒始相贺，燐燐鬼火闻呼号。泰运开，尚书来，恩如雨露威风雷。一呼集畚锸，再呼伐薪柴。醇醯浇山万夫发，巉岩削尽为平埃。噫嘻乎，益烈山泽四千岁，火攻莫救苍生灾。昔也商旅鱼贯行，今也不忧狼与豺。昔也单车不得上，今也康庄之途足以走连。僰僮巴舞贡天府，桃笙賨布输邛崃。歌豳风，击土鼓，贯父之来何晚哉！丰功奕奕重万祺，经济不数韦皋才。中朝衮衣待公补，璇玑在手平泰阶。西望剑阁高崔巍，侧身欲往空徘徊。大书深刻告来世，蛟龙岌嶪磨青崖。金穿石泐陵谷徙，

▲ 陕南山中凤县与留坝县之间的柴关岭旧影。清代曾国藩过柴关岭有诗云“我行度柴关，山关惊我马”，可见其道路之险。

▲ 陈仓古道旧影。史书所说“明修栈道，暗度陈仓，”即在此处。陈仓古道为翻越秦岭进入四川的北栈道的一部分。道路沿山脚盘旋，故较为平坦易行。

▲ 崇山峻岭之间亦断续以平坦的道路。

我公之功不与伏波铜柱同尘埋。

诗中有些别体字、异体字，是诗人斟酌运用的结果，自有他的一番道理，今人不必强求改成今日的简化字。有些字也无法从简化字中找到对应，所以，请读者谅解，不必视余为食古不化者。

至清洋驿，二十里。又称青羊铺。

至八里关，十里。关上有石蛇一个，亦数百年之物。

至武关河，十里。过河右手有小舟一支即过，如遇大水则有长四间房、宽一间半房的船可摆渡。大船小舟均为官设，每人收费两文钱。另有一铁索桥，名为“樊桥”，桥头山石上刻有“汉相国萧何追韩信至此”几字。又刻“寒溪夜涨”四字。从汉代到清代，川陕道上曾经开辟了不少山路，也架设了不少桥梁。这些路桥之旁常常刻有题诗与颂文，记录了这些道路桥梁的历史由来，是非常珍贵的历史文化遗存。它反映了秦人在历史长河中与自然相处，建设自己的家园，发展社会经济的过程。这些

▲ 留侯祠之山门旧影。祠在陕西留坝县北十五里紫柏山脚下。紫柏山顶有留侯张良当年的授书楼，于此照片上隐约可见。

▲ 留侯祠大殿张良塑像旧影。殿内悬挂有历代不少名人所书写的对联、匾额。从内容与书法上看其中不乏精品之作。

▲ 留坝县紫柏山冬景。紫柏山在留坝县之北十五里处，绵延数百里。其上有七十二洞、八十二坦等地形。传张良曾在此山中辟谷修炼，山上楼阁即当年张良接受兵书处。

历经了千百年的遗迹虽经自然的侵蚀，但在民国以前还是常常可以看到的。前日于晚报上看到一则消息，说在陕南秦岭之中发现了一处古人刻字，记录了唐代某年在此处曾修建了一座小桥。报上称这里或是一条未被发现的入川道路云云。其实不存在没被发现的入川道路，这只是几条入川古道上的某个点而已。我以为，当我们发现了这样的遗迹之后，首先应该研究的是，在什么时候我们的祖先以什么样的理由、什么样的材料、什么样的工具建造了这样一条道路、一座桥梁，它在当时的作用是什么。这样我们才能体会到前人生存的智慧、生命的坚韧与生活的乐观，从而给今人一些启发。用人类文化学的观念与古人沟通，了解古人的得失，完善今人的生活。了解古人不是要回到过去，而是要更清楚地认识现在。所以，发现古代遗迹不能一味地追求它的唯一性，或寻找它改变历史记录的可能，这样就显得太功利了。

至铁斧店，又称“铁佛店”，十里。

至武曲镇，二十里。

至马道，二十里。又作“马到”。为关中至汉中道上第一胜景。此地山峦叠翠，江水曲流。过河望右手即可观石马之景也。此石马在山上其山峥嵘，实为壮观。

此一栈共计九十里。

马到驿起程：

至骆驼巷，十里。

至二十里铺，十里。

至青桥驿，二十里。

有青桥河，河上架铁锁桥。

至宝寺铺，二十里。不远处过河踩水。河上有铁锁桥，桥头悬崖上大书四字：“匹练横空。”

至麻坪寺，十里。

寺旁河边有巨石，上刻“屹然砥柱”四字，惜已残损。向前有“无心桥”，有巨石突兀，上刻“有龙则灵”、“七折之峻”等字迹。

至鸡头关，十五里。在鸡头关土地庙对面山上

▲ 简朴的古镇大门，旧时，常将城镇大门修成人面型，有眼有口，意在赋予其灵性，驱凶纳福以佑城中百姓。

有位白石土地爷，相传当年曾给霸王项羽运过水。不知此事过程如何，惜今已失传。从鸡头关至褒城县之间峭壁耸立，古栈道沿褒河（亦名太白河）西岸经过时凿有石门。石门下面的河道中有两块巨石，一刻“衮雪”二字，一刻“玉盆”二字。“衮雪”二字后刻有魏王曹操落款。不远处山崖上还有汉刻《石门颂》、魏刻《石门铭》等摩崖刻石文字。记载了汉魏间数次修凿开通褒斜山道的过程。这一带大大小小汉魏间刻石共有十三种，书法史上称为“汉中汉魏十三品”。这些刻石文字记录了开通褒斜道的时间、缘由、开凿方法、主持人姓名等，不仅有着十分重要的历史文献价值，同时也有非常高的书法艺术价值。20 世纪 60 年代中期，因修建褒河水库，为免于淹没，地方政府将这些刻石文字凿下运往汉中博物馆。这些珍贵的文物虽得以保存下来，但摩崖石刻脱离了它的原生状态，历史文化价值也就失去了不少。在民国二十四年（1935 年）前后，当时陕西政府亦曾测绘修建宝鸡至汉中的道路。为了避免石门古道及摩崖石刻受损，当时主持修路的工程师张佐周等人建议：路线由鸡头关跨河，沿河东岸改建。虽然工程难度增加，工作量也加大，但这样却能完整地保护这些珍贵的文物。于是他们就开凿了当时陕西境内唯一的一座公路隧道。隧道修成后，由原北洋政府的交通总长，后任民国政府财政部长的叶恭绰题写了“新石门”三字，并刻在了隧道口之上。“新石门”之旁另刻有工程师钱豫格的一首五言诗：“绝壁深深立，寒波咽咽流。削平石虎脚，直下古梁州。”古梁州即汉中市的旧称。

至褒城县，十里。褒城即古褒国旧地，就是那位使周幽王烽火台上戏诸侯的美女褒姒的出生地。此地今仍有褒姒铺的地名。

此一栈共计路九十五里。

褒城县起程：

此栈全是平路，出东门过河走汉中府大道也。水路能通老河口、襄阳、樊城之地。秦商入川由此起程，并不进汉中城，而是向西南走勉县、宁强至

▲ 相传当年韩信投汉不被重用，于是趁月夜北去，至此河边水涨不能过，被萧何追上劝回。旧时此处路边立有石碑，上书“汉萧丞相追韩信至此”，旧址在褒城北马道驿。

▲ 萧何手植汉桂，在南郑县东南十五里处圣水寺内，树干径达数抱，树叶婆娑茂密，开花时节香飘十里。花瓣有五瓣、七瓣、九瓣之分，而一般桂花仅四瓣。

广元入川。

至老道寺，二十里。

至黄牛铺，十里。

至新街子，十里。旧时此地有七八十户人家，客栈、饭店皆有，亦甚繁华。有蜀汉武侯诸葛亮制作木牛流马遗址。

至黄沙铺，十里。

亦称黄沙镇，此地出产雨衣甚佳。

至柳村营，十里。

至旧州铺，十里。冬春有桥可过河。西场口有一座魁星楼，高大甚可观。

至菜园子，十里。有菜园渡，为米仓道的起点，是通往汉中的要道。

至沔县，十里。沔县今作勉县，县东武侯祠有石琴一把。石琴长约三尺，上刻“章武元年”四字。“章武”为蜀汉昭烈帝刘备的年号。后人为纪念诸葛孔明与蜀汉的关系而刻，石琴非汉时之物。旧时，石琴放置一石床之上，石床正面刻有龙形纹

▲ 汉诸葛武侯读书台旧址。原址在勉县城北丘陵地带的最高处。此处民国年间曾立有一石碑，碑上文字为于右任先生所书。今不知存否。

▲ 陕南是秦汉至三国时期重要的战略地带，这里有不少古代争战的遗跡，三国故事中的大将马超墓即在此地。马超墓在勉县西北五里处，旧时立有石碑。

饰，两边刻有对联一副，文曰：“石琴无俗韵，铜鼓有先生。”武侯祠不远处即定军山。王渔洋《定军山诸葛公墓下作》诗中有：“知公抱遗憾，卧龙成千古。峨峨定军山，悠悠沔阳浒。”便是对此景此情的感慨。城外有一古塔，善学人言的八哥鸟即出此处。刻下城垣颓败，往来客商多宿关厢（即城关外）。

泾阳张德庵先生亦有诗：“自出茅庐非等闲，生平奔波惟念汉。百帝托孤扶幼主，鞠躬尽瘁五丈原。”

此一栈共计九十里。

沔县起程：

出西城门还有一河，过之踩水。

至土关铺，十五里。

至沮水河，十五里。即水铺。大水之月过河有渡船。

至采坝，十五里。

至清凉驿，十五里。又称“青阳驿”、“青羊驿”。

至石窝菊，又作“石富全”。十五里。

▲ 褒河奇景“玉盆”石刻，为“褒谷二十四景”之一的“浮浪玉盆”。“玉盆”二字传为汉代人所书。南宋时又于大字左上增刻“玉盆”小字，并附人名款识，结体稍别于旧刻。

▲ 挡箭碑。原址在勉县定军山之上。相传诸葛亮曾在这一带指挥战斗，将此石作为挡箭碑。虽不能究其真实，但陕南秦巴山中汉魏三国时代的遗物和传闻却是不少。

至大安驿，十五里。街中有河沟，前往凤县走小路从此沟而出之也。大安驿一带河道甚多，旧谚云：“七十二道脚不干。”即其写照。

此一栈共计路九十里。

大安驿起程：

至列金坝，十里。

出西场口左手即大路，右手进阳平关小路矣。

至宽川铺，十五里。

此段路山势险峻，有溪流自山中石洞一泻而下，远望如白云一线。石洞边刻有“洞云溪月”四字，左边崖壁之上亦刻有许多佛像。

至五丁关，十五里。

至滴水铺，十五里。此即传说中的五丁力士开路处。相传秦惠王时，秦欲吞蜀，苦于巴蜀山路艰辛难行。于是在金牛峡置石牛五头，诡言石牛能粪金。蜀王贪财，遂派五丁力士凿山开路，欲将石牛运回蜀中。于是秦王派张仪等沿金牛道入蜀中，遂灭蜀国。

▲“衮雪”，汉魏刻石“石门十三品”之一。传为魏王曹操所书。原石刻在褒河之中的巨石上，此处水流落差甚大，水与巨石相激，产生白沫如雪。苏东坡诗中所谓“卷起千堆雪”便与此景相同。此处石上的“衮雪”二字与河中的“千堆雪”融为一体，是绝佳的人文景观，惜今已不复存在。

▲“衮雪”原石所在处，石下水花翻滚如雪，惜奇景今已不复见。

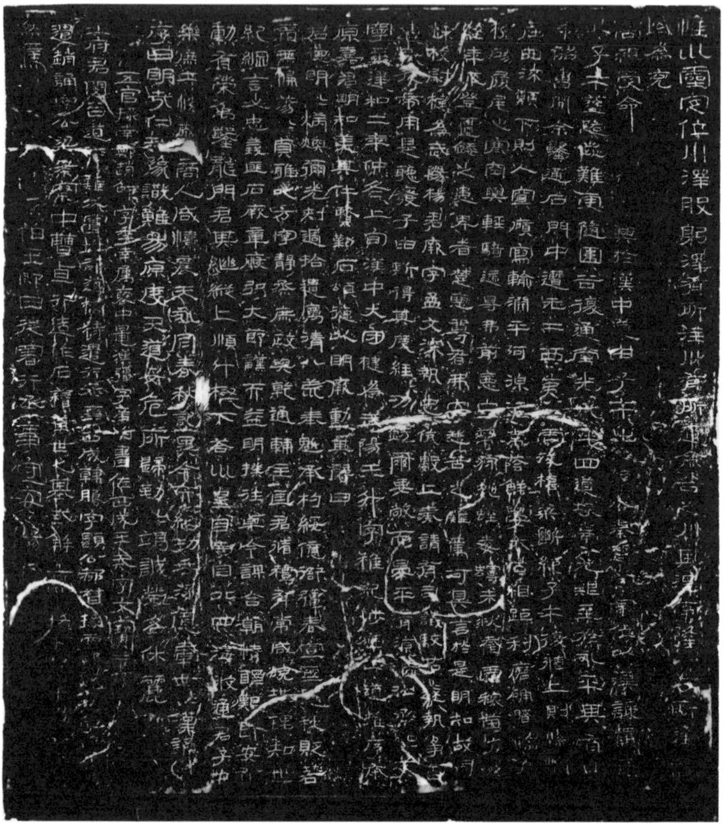

▲ 汉魏石门十三品刻石之一，《石门颂》。东汉桓帝建和二年刊石，王建书。《石门颂》是汉代书法艺术的最高境界，也是隶书体的典型代表之一。原石在古栈道石门壁间，20世纪70年代初因修水库被割下，并移至汉中博物馆。

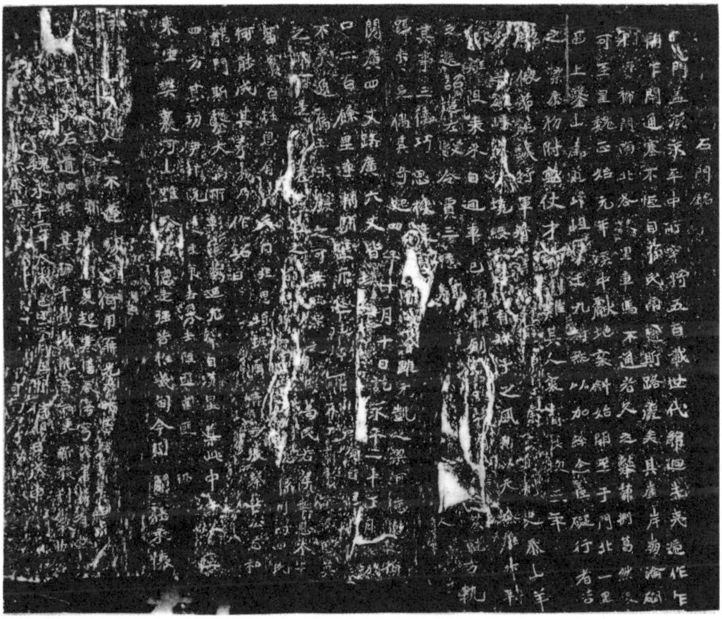

▲“石门十三品”之一的《石门铭》刻石拓本，北魏王运书，北魏宣武帝永平二年刻于石门内壁之上。

▲ 这是民国年间所修的新石门，位于褒城县北约四公里的石虎山下。当年宝鸡至汉中的公路即由此通过，左侧遥遥相对的即古石门。

▲ 汉中府褒城县北三十里的褒姒堡，传为周代美人褒姒的故里。褒姒为周幽王爱妃，幽王为博美人一笑，于骊山烽火台上三举烽火戏弄诸侯，因此而亡国。故《诗经》上有“赫赫宗周，褒姒灭之”之句。

至五里坡，十里。

至柏林驿，十里。

至州府亦有“七十二河足不干”之说，各处树有石碑，证河名，列次数。

至宁羌州，今作宁强。十里。

此一栈共计路八十五里。

宁羌州起程：

至界牌，二十里。

宁羌州旧有界牌四十八处，分宁羌州为六大区。向南入川道上有界牌七处，极便识路与计行程。

至廻水河，十里。

打尖加栈多宿此处。不得行而宿谓之“破栈”，不欲行而宿谓之“加栈”。

至牢固关，十里。

至黄坝驿，十里。

至七盘关，十五里。

今作“棋盘关”，与此处地理形势的表述相差稍大。“七盘”者，形容山路盘蜒而上下，曲折而多

▲ 褒城县石门山中，民国年间修的道路还算宽展。右侧山上的古栈道依然存在，旁依削壁千仞，下临深渊百尺，可谓道路险峻。

变。“棋盘”则是指平行多变。今名不如旧名表述准确而形象。七盘关为秦蜀交界，旧志云：“自黄土霸至此，山陡水急。夏秋骤雨尤觉可畏。”关上旧有“小心移步”四字石碑，今不知存在否？

至教场坝，五里。

旧时行此多歇息休整半天，出南场口过河踩水，大水之月有小舟一只可渡来往行人。

至转斗铺，十里。

此一栈共计路八十里。

转斗铺起程：

至中子铺，十里。

至纸房铺，十里。

至神宣驿，即诸葛武侯筹笔驿。十里。

至龙洞背，十里。

至积帛铺，俗称鸡脖铺。十里。

至朝天镇，十里。过河踩水。镇上即朝天关。

此一栈共计路六十里。

朝天镇起程：

▲ 勉县武侯祠大殿塑像旧影。中为诸葛亮，左右为琴童，像前有一石刻琴桌，上陈一石琴。

▲ 旧时照片不易见，画家用画笔记下这一百年前的文物亦称罕见。此图为陕南勉县武侯祠中石琴桌的形象，与民国时所拍照片对照，不仅大形准确，而且细微处更得见其妙到。

至关顶十里，坡甚陡，不如搭船走广元。

至楼房沟，二十里。

至沙河驿，二十里。其镇在河湾，为行人打尖之处。

至飞关岭，又称“飞沙关”。十里。

至大塘铺，十五里。

至许家河，五里。

至千佛崖，五里。其山靠河，俱是佛龛，名曰千佛崖。据史书载，唐则天武后是四川广元（即古利州）人。武后喜佛，故其家乡亦多建有佛寺及佛造像，其中广元皇泽寺的大佛像就是按武后形象雕刻而成的，武后在广元的出生地亦名为“则天乡”。晚唐诗人陈山甫在《皇泽寺》诗中叹道：“寺榜皇泽何皇泽，乡标则天缘则天……我来山寺一访古，瑶龛零落名空传。”所谓历史沧桑即如此，能有空名流传下来已属不易，绝大数人是传不下来名姓的。

至广元县，十五里。

此一栈共计九十里。

▲ 北栈道远眺。当年张良烧毁古栈道以绝汉王入长安之路即此处。上有绝壁，下临深渊，蜀道之难，难于上青天，到此方知其不诬也。

广元县（今为市）起程：

至皂角铺，二十里。

至张家湾，十里。

出金刚腿镯子处。

至榆钱树，十里。

至昭化县，今为昭化镇．十里。

清王渔洋诗《昭化县》：“乱山围一县，哀柝下初更。近郭双江和，扁舟万里情。”极概括、极生动地描绘了昭化县的自然景观与地理形势。

此一栈共计路五十里。

昭化县起程：

至天雄关，十五里。

即牛头山关顶。

至新铺子，十里。破栈多歇此处。入川后此段路崎岖极难行。

至竹垭子，五里。

至大木树，十里。

至七里坡，二十五里。

至志公寺，十里。

前列金坝走阳平关小路从此沟出之。

至剑阁，十里。

有姜维（字伯约）依山筑城第一关口。泾阳张德庵先生诗：“姜维受托镇剑关，可恨邓艾诡计端。暗渡阴平功虽奇，难瞒孔明八卦盘。”剑阁西侧石缝之中古代刻字颇多，其中有唐李商隐草书碑，甚是珍稀少见。

此一栈共计路六十五里。

剑阁起程：至生天桥，十五里。

旧称“升天桥”，“生”为“升”字之讹。

至汉阳铺，十里。

至石洞沟，十里。

至抄手铺，十里。抄手者，北方称为“馄饨”，此地或因善制抄手而得名。

至剑州，二十里。

此一栈共计路六十五里。

入川后此段山路极难行，而蜀汉遗迹亦甚多，

▲ 据说四川广元县皇泽寺的大佛像是依武则天的形象雕塑而成的。此像高大雍容，却也不像西方诸佛的神态。

故每日东张西望、左顾右盼，行路亦甚少。张船山《剑州》诗云："重阳亭外晚凉时，溪水琤琮下濑迟。漠漠土花侵汉垒，淫淫山雨蚀唐碑。云连野色长松古，鸟避岚光大剑危。计日邮签堪送险，临风休怨柳千丝。"

剑州起程：

此栈路旁古柏甚多，传说为昔年张恒侯为计算路程所植，不知确否。

至清凉驿，十里。即清凉桥，在川陕道上有清凉驿之名者多处，是以山区树木众多、清凉宜人而得名。

至凉山铺，十里。

至讲书台，十里。

至柳池铺，即柳池沟，今为柳沟镇。十里。

至垂泉铺，二十里。

至武连驿，二十里。即今武连镇，此处为入川秦商休整之地，行旅至此多换洗衣服等。传说武连驿是唐代魏徵和颜真卿的故里。武连驿北有觉苑

▲ 四川广元县皇泽寺的雕像，清末日本画家福田眉仙所临摹。由此可见唐代雕像的精美。

▲ 逶迤的山路上，滑杆轿子的队伍缓缓而行。图为陕南药王碥道上的景色。

寺，传为唐贞观年间所建，寺中有楼名“逍遥楼”，楼上匾额为颜真卿所题。字大尺全，笔力雄健。又有陆放翁《宿武连驿》诗石刻，惜已残断。

此一栈共计路八十里。

武连驿起程：

至瓦子垭，十里。两山之间可通行的狭窄地谓之“垭”，亦指山口。

至演武铺，十里。

至上亭铺，二十里。此处即唐玄宗为避安禄山之乱，入蜀途中雨夜作《雨霖铃曲》之处。唐代诗人罗隐《宿上亭》诗云：“细雨霖微宿上亭，雨中因感雨霖铃。贵为天子犹魂断，穷者荷衣好涕零。剑水多端何处去，巴猿无赖不堪听。少年辛苦今飘荡，深愧先生教聚萤。”行旅之人若听此曲定会满怀凄凉，泪洒衣襟。

至吉阳铺，二十里。有文昌祠庙甚为幽雅。此地山环水绕，松柏成林，真乃壮观之景。吉阳铺今属梓潼县文昌镇。

▲ 天荡山旧影，在勉县城北十里处。此地为三国时期魏蜀多次征战之地。

至梓潼县，二十里。梓潼为唐代大诗人陈子昂的故乡。县城南门外有汉李业石阙，上书“汉侍御史李公之阙”，隶书体，书写极佳。此阙拓本传世极少，今日更不多见矣。

此一栈共计路八十里。

梓潼县起程：

至板桥铺，二十里。

出城不远过河有桥，石桥实在修得好。

至石牛铺，十里。破栈多歇此处。

至万年桥，五里。

至宣化铺，五里。

至卫城驿，今作“魏城”，是为镇制。二十里。

至铜瓦铺，十里。

至沉香铺，十里。

此一栈共计路八十里。

沉香铺起程：

至蔡家桥，十里。

至坑香铺，十里。

▲ 紫柏山旧影，留坝县北通往留侯授书阁的小径。石栏蜿蜒，翠竹夹道，路旁有不少文人墨客的刻石文字。

▲ 留侯祠上官厅，在留侯祠内北花园。正房左侧立有一巨碑，上刻“英雄神仙”四字，可谓对留侯张良恰如其分的评价。正房阶下有一小池名为“洗心池”，池边树一小碑，上刻“洗心涤虑”四字。亦是儒家修养的心法。

▲ 定军山旧影。定军山在勉县南十四里处，与天荡山隔河相望，三国时老将黄忠斩夏侯渊于此地。

至烂泥沟，十里。

至老绵州，十五里。老绵州即今绵阳市。汉时置县，隋改为绵州。清沿用州治，所辖安、绵、德、梓、罗五县。城内有思贤堂，祀扬雄、李白、杜甫、樊宗师、苏易简、欧阳修、司马光、苏轼、黄庭坚共九人。

至石桥铺，十五里。

至皂角铺，十五里。

古潼阳镇有汉扬公子读书台也。按：扬公子即扬雄，西汉时著名的文学家。语言学家、著有《扬子法言》、《方言注》、《仓颉训纂》等。刘禹锡《陋室铭》中的“南阳诸葛庐，西蜀子云亭”,“子云亭”即指扬雄的居所，位于四川绵阳西山风景区内。其墓则在四川郫县以西的子云村，其旁亦建“子云亭”。

此一栈共计路七十五里。

皂角铺起程：

至新铺子，十里。

至鸡鸣桥，十里。

至金山铺，十里。

至大井铺，十五里。

至罗江县，十五里。

至白马关，十里。

古落凤坡，庞凤雏（名统，字士元）先生祠堂墓地在此。祠堂旁一碑，上书“龙凤二公祠”。“龙”指孔明，“凤”指庞凤雏。宋陆放翁《过庞靖侯墓》诗：“士元死千载，凄恻过遗祠。海内常难合，天心岂易知。英雄千古恨，父老岁时思。苍藓无情极，秋常满断碑”。清泾阳张德庵先生亦有《白马关落凤坡》诗曰：“堪羡凤雏貌不扬，非怪吴魏不识良。一朝得志遇卧龙，蜀主驾前把名扬。”

至临坎镇，十里。

前七里即黄许镇，甚为热闹。

至孟家店，十里。

此一栈共计路九十里。

孟家店起程：

▲ 川陕道上多此景，脚夫俱是巴蜀人。川陕道上轿夫、脚夫多为四川籍人，一因其善于行走山路，一因其吃苦耐劳少有怨言。

前十里即牛耳铺也。

至德阳县，二十里。不入德阳县城而宿孟家店，以其邑冷淡也。

至竹木铺，十里。

至大汉镇，十里。

至小汉镇，十里。

过石定河大场分。大场分即言大镇点。

至白鱼桥，十里。

至汉州，十里。

汉州即今广汉市。

此一栈共计路七十里。

汉州起程：

有昔年古金鹰桥，此栈路程俱是平路。

至石底桥，十里。

至向阳场，十里。

至唐家寺，十五里。

至新都县，十五里。

至昆桥河，十里。

▲ 扬雄墓在四川郫县以西十五公里处。封土之上古树茂盛，墓前立一石碑及石香炉等，似为百年前旧物。

▲ 圣水寺旧影，寺在南郑县东南十五里处。圣水寺左右有泉水五处，水色各不相同，号称赤、青、乌、黄、白，故称圣水。寺内有汉萧何手植桂树，根深叶茂，可称胜景。

至三和场，五里。

此地大场分，极热闹。

至欢喜庵，十里。

至成都省，十里。

此一栈共计路九十里。

成都省起程：

出南门有汉昭烈皇帝刘备之庙。

至初桥，二十里。

此处所编草扇子有名，为大场分。

至双流县，二十里。

至黄水河，十里。

至花园场，十里。

至花桥子，十里。

在龙来巷店前右手进巷子，至河搭船可走新津。“花桥子”今为花桥镇。

至新津县，十五里。

新津县起程：

至太平场，五里。

此地为大场分，货物极多，热闹甚。

至界牌，十五里。

至杨家场，十里。

至高桥，二十里。

至火烧桥，二十里。

至邛州，二十里。南朝梁时始置邛州，后改为临邛，明清复称邛州，民国时改置邛崃县。

此一栈共计路九十里。

邛州起程：

至南桥，五里。南桥为川南第一桥，其桥十五洞，有卖脚码子处。“脚码子”即指用草绳或麻绳编成的靴套。爬山涉水时可防止打滑。

至卧龙桥，十五里。

至大塘铺，二十里。

至千鸡铺，十里。

至黑竹关，十五里。

至百丈，十五里。

此一栈共计路八十里。

▲ 勉县之南定军山武侯墓园边的风景，可谓翠绿环抱，鸟鸣山幽。

百丈起程：

至新店子，二十里。

至名山县，二十里。

至金鸡关，二十里。

至尧桥，五里。

至雅州，十五里。雅州府治即雅安。

此一栈共计路八十里。

以上把旧时秦商入川的线路栈点细细地列了出来。这对于后人研究秦商入川的路线、行程、规模都极有价值。

三、困难里程苦辣酸甜

过去秦商入川，自关中平原到川西雅安山区，全部行程接近三千里。这是说到达雅安，如果去西康则要更远些。要完成这些路程，顺利了也需三十天。稍有变故，拖上十天半月那也是极平常的事。所以，“蜀道之难，难于上青天”道出了入川之路的艰难。当然，人们不能只坐在道旁发感叹，该走的路还是得走，该干的事还是得干，这也正是关中人乐观坚韧性格的表现。

说是说，走是走，行路再难该吃饭还得吃。自泾三原起程走上三十里就是临泾镇，冬春之际，河里水浅，河上的小桥也就露出水面。这时，桥头上就有了供行旅之人打尖的摊点。离家后的第一顿饭就在这里吃。北方人的食物主要是小麦、玉米、小米、荞面、豆类、薯类等，关中人则喜食面条、锅盔、蒸馍及玉米糁稀饭。一早走了几十里，就在路边桥头来一碗连锅面，就一个油泼辣子加蒸馍就行

▲ 四川新都城内古桂湖，传为明代状元杨升庵读书处，广四十余亩。旧时，每至中秋湖边桂香飘出数十里之外，游人趋而赏之，为川西第一胜景。

了。走到路上看见啥好吃的再说。

走到岐山县的龙尾沟，这也是一个可以打尖的镇点，有客栈可以歇宿，有饭馆可以吃饭。此地的岐山臊子面可称一绝，相传有九字令概括了其全部特点：“薄筋光，煎稀汪，酸辣香。”“薄筋光”是指面条的质量与入口的感觉。就是说既要薄如纸，还要筋道煮之而不断烂，同时也要入口光滑；“煎稀汪”是指面汤的质量。“煎”，关中方言指温度高，滚烫的意思，关中人把滚烫的开水称为煎水，水开了，也称为水煎了。“煎”在这里就是说要求碗里的面汤要够热。“稀”，则是要求碗里的汤水要宽些、多些。“汪”，是说汤宽不能尽是清水，汤里油多谓之“汪”；“酸辣香”，当然是指味道了。陕西人口味重，辣子、醋、盐都放得多，这样饭里的香味才能调和出来。

另外，岐山县出产的挂面也颇为有名，之所以有名是因为其好吃。岐山县挂面的特点是条细、光亮、筋而柔软。旧时，岐山地区有一首儿歌唱道：

“房檐水，打线线，舅舅来了吃啥饭。羊肉臊子下挂面，扑哧扑哧两大碗。”可见，岐山的挂面不仅好吃，而且是待客的上品。清代道光年间，岐山县有“顺天成”号专门制作经营挂面，质量也极好。当地官员还把“顺天成”生产的挂面作为贡品送往京城。据民国二十二年（1933 年）的调查报告，当时岐山县的太慈村、崖头村一带尚有挂面作坊一二百家。每天每家能做一斗面，合挂面十二斤。当时每斤挂面的价格仅一角钱。岐山县所生产的挂面除本地食用外，大多都销往西安、咸阳、三原等地。岐山县的挂面好，究其原因，是当地所产的黑皮小麦的质量好，再加上调料及水土也有别于其他地方，所以就有了自己的特点。

走到宝鸡底店，这里是当年姜太公钓鱼之处。在底店西场口外街中可打尖，这里有一家饸饹面甚佳。陕西各地都有饸饹，这是一种面食，有用荞麦面做的，有用小麦面做的。陕西西部各县喜用小麦面粉做饸饹，称为饸饹面。制作饸饹面要有一套专门的工具，即一个压面机（称为饸饹床子）架于大锅的上方，然后将和好的面团放进压面机中间的有许多小孔的凹槽内，再将一个与压面机长短一致的长杆拉下来，让长杆上一凸出的木柱卡入槽内挤压，槽内的面团被从小孔挤出，形成细长的面条，直接落入锅内。旧时，北方灶房的锅都很大，一次压上十几碗饸饹同时煮熟出锅是没有问题的。把饸饹面煮好捞出，配以臊子汤，或肉或素，味道都好。当然饸饹面要好吃，必须符合两个标准，一是饸饹要筋道，除了选料外得当，面团和得软硬适中，再加上适量的食盐，这都是好吃的关键。二是相配的调和汤要好，陕西北部、西部各县讲究用羊肉臊子汤，汤鲜面筋才能口感好。另外，也有用油泼辣子、芥末凉拌调制的吃法，这又是一种独特的风味，特别适合夏季食用。

在宝鸡县各镇的路边，还有不少卖凉粉的。凉粉多用绿豆、豌豆的淀粉制成，然后用一种特制的漏勺括成细细的条状，拌上油泼辣子、蒜汁、浆水、盐、芝麻酱等，是一种极美味的小吃，配上一个蒸馍或一块一寸厚的锅盔，那也是一顿上好的午餐。在全中国制作凉粉的地方不少，能与陕西关中凉粉媲美的就是四川的川北伤心凉粉、川北凉粉以麻辣胜，关中凉粉以香辣胜，各有千秋。

关中西部各县善于烙制锅盔，要把锅盔烙得好吃，火候是关键，一定要在大灶台上的大锅里用柴火慢慢地烙才好。过去关中城乡几乎家家户户都有灶台和风箱，而陕西制作风箱最好的地方就是宝鸡县东关。旧时，这里有不少制作风箱的作坊工场。此地所制作的风箱用材讲究，都是用真正的桐木制成的。风箱内风档上的鸡毛也勒扎得好，不松不紧，使用起来灵活轻快，也经久耐用。由于质量好，所以远近都来此争购。当地人戏称：宝鸡县城就像个风箱，所以，当地人就会做风箱，做出的风箱也就有名。其实，此地近山，木料易得，而且工匠也细发认真，这才是风箱质量好的关键。

从宝鸡向南进山，至益门镇，此地为初入川的

▲ 人在旅途，甜酸苦辣自然少不了。但坚忍的秦商在修养与信念的支持下总能完成任务。

门户，有黄酒甚佳。黄酒是用糯米酿制而成的一种米酒，作为发酵用的酒曲是由小麦加当归、栀子、细辛、黄柏等二十余种中药合制而成的。黄酒的色泽与南方的绍兴加饭酒相近，但口味截然不同。陕西黄酒色泽澄黄透明，香气浓郁，入口绵软甘甜。看似温柔，其实后劲甚大。前辈中医多用黄酒做药引与中药同服，取其通筋活血的功能。陕西秦岭南北山麓皆可种植大米，且山中采挖所需的药材也方便，所以，能够制作黄酒的地方也很多。近几十年来，尤以陕南洋县谢村的黄酒最为出名。谢村黄酒因水质好，糯米好，所用药材为当地所产，故质量很高。行路之人能饮上一碗这样的美酒，可顿解行路的辛苦、离家的乡愁。

从宝鸡往凤县走，至二里关，再至大散关。大散关是古代关中的四关之一，周朝时即已设置。陆游“铁马秋风大散关”的诗句，让后人产生了许多遐想。行路的秦商告诉我们：“关上有蜂蜜粽子甚佳。”“蜂蜜粽子”，关中人又称“蜂蜜凉粽子”。制法如下：先将上好的糯米（江米）洗净，用纱布包成三角形或圆柱形小团，然后用清水泡上数小时，再放进锅里开水煮半小时，捞出后晾凉，去掉外面所包纱布。吃时切成片状，但不可用刀切，糯米太黏刀，也切不进去。切时用一根线绳，一头固定，一头牵手上，将糯米团缠上一圈用力一拉，一片粽子就下来了。粽子切好后码放在盘中，上面浇蜂蜜等调味汁即可食用。讲究一点儿的在浇过蜂蜜后还要加上绵砂糖及玫瑰、桂花等制成的酱汁，甜蜜之外还有些清香溢出，那可真是口干舌燥行路之人的口福呀。陕南山中多出蜂蜜，山中也到处可见养蜂的人家。过去陕南山中养蜂都是用一土制的蜂箱悬挂在房檐下或屋角处，由蜜蜂自然生长酿蜜，并不去护理、饲养。专业养蜂者采蜜称为“摇蜜”，是要用专业的工具进行的。农家养蜂采蜜称为“割蜜”，即用小刀或勺子括出。山中花的品种甚多，所以蜂蜜的品种香味也多。本人以为山中蜂蜜以槐花蜂蜜香味最为清爽甜美。

▲ 旧时的锅大，饸饹床子也就大。不论是路边的摊点，还是饭店的灶房，巨大的饸饹床子都得两三个人才能操作。而现在家庭用的小饸饹机则一个人就能做出饸饹来了。

在宝鸡与凤县的交界处有一个暴家庄，其地的油糕不仅糖多，炸得也是外酥内软。因为这里种植的油菜花很多，榨油坊也很多，所以，吃油不成问题。陕南的糖大多由四川贩运而来，质量好，价格也低廉。陕西人多喜食油糕，陕北有糜子面油糕，三原有泡泡油糕，长安的烫面油糕。“烫面”就是先将小麦面粉（也可用小米面、豆面等）用开水烫熟，然后和成面团，有的里面要加一点点白矾，以便更加酥松。炸油糕时从面团上揪下来鸡蛋大小一块，用手拍成薄片，放进一勺馅子，包好拍扁，放入油锅炸两分钟即可出锅食用。油糕的馅子以白糖、黄砂糖为主，还要加入些花生末、核桃末、芝麻、青红丝、玫瑰酱等。具体加哪种配料也不专门规定，由当地出产的辅料情况而定。有了就多放，没了就少放，就是纯糖馅的也好吃。另外，油温的掌控也是油糕好吃与否的关键，讲究外酥里软，这就要看火候功夫的把握了。

“暴”读bao，古代姓氏,《广韵·号韵》：“暴，姓。汉有绣衣使者暴胜之。”《华阳国志·大周志》：“建平都尉暴重杀宇及攀。”“暴”姓极少，暴家庄之名今日恐已不存在了。暴家庄过去不远就是黄牛铺，黄牛铺在民国时即有数十户人家，十余间店面，故镇上吃食甚多，尤以鸡蛋醪糟为最可口。这也是适合行路之人的食物。另外，街上也有卖包谷珍稀饭的，一碗卖大洋一分钱，再就上点酸菜、咸菜之类，颇能解渴充饥。旧时陕南的金融货币也很乱，川陕间除洋元铜板是硬通货外，陕西还流通一种油布制成的货币，即将油布串成一串、二串作为辅币，称为“钱留”或“汉中帖子”。过去经济不发达，行路之人没有小额银钱，路上吃饭住宿还真是麻烦。

在凤县之前有个叫红花铺的地方，如遇情况不能到达前栈的就在此住宿。“红花铺有蒸滓肉也，亦佳”，秦商前辈这样说。所谓“滓肉”就是“渣滓肉”，也称“碎肉”、“剔骨肉”等，就是牛羊肉或猪肉的边角料。把这种碎肉切成小块，拌上面粉，配上调料上笼蒸上一小时即可食用。蒸制前先要用盐、花椒面等把肉腌一下，然后加面粉拌均匀，在笼屉上铺张笼布，四边长些，碎肉放上后再把四边长布包起来，不要让肉直接接触水气，这样蒸出来的肉才能酥软。蒸肉出笼后食用时配上一瓣生蒜味道就更美了。这也是行路之人就蒸馍、喝米汤的一道美味配菜。“滓肉”吃毕了可以在红花铺的街道上看一下山货。民国初年时，这里一张上等的狐狸皮仅需两个银元，一张品质优良的豹子皮也就六七块钱。当然，冬季的皮货质量最好，要买对季节才行。

红花铺向南十五里是草凉驿，这里是一个大镇点。民国初年时街上就有四十多户人家，旅店饭馆样样俱全。没在红花铺吃上蒸肉，走到草凉驿吃个圆馍就猪肉面也好。“圆馍”就是圆形的蒸馍，陕西蒸馍前总是要把面揉了又揉，把面团揉筋道了，再分成拳头大小，继续揉几下，团成个圆形小团，这才上笼屉来蒸，这样蒸出来的馍自然是又白又圆的形状。猪肉面就是猪肉臊子面，如果没赶上吃这猪

▲ 陕南山中道路虽颇为难行，但当地物产还算丰富。山中稍有平地即可种植稻谷、菜蔬。此图为旧时山民曝晒烟叶的情景。

▲ 秦岭山中当地人饲养蜜蜂不用蜂箱，只用一节木头劈开掏空即可。野蜂会自动筑巢，也会随时去采花酿蜜。

肉面，那就只好再走十五里路，五星台“有油糕，米汤甚好”，亦可充饥。

在凤岭之前有个地方叫烟甬沟，估计是因为地形狭长如烟囱而得名的。关中方言将烟囱的“囱”读如“桶”，发普通话四声的第三声。在烟甬沟也可住宿、用餐。此地的“豆花蒸饭、面食甚贱”。“豆花”是陕南与四川的特产，与关中的豆腐脑相近，只是稍微硬一点而已。把豆花用辣子、酱、醋调拌好，就着米饭吃可以当成一道菜，也可以用调好的蘸水蘸着吃。陕南及四川人喜食米饭，故面食甚为便宜。

凤县至留坝、至褒城皆是山路，陕南山中的吃食也基本相近。这一带大部分是山地，种植有小麦、玉米、稻子、高粱等。稻子和棉花都在稍平坦一些的地里种植。此地流行养蚕业，除了给丝绸业提供原料外，蚕蛹作为特色食品也常常出现在餐桌之上。在留坝张良庙附近有个叫枣木南的地方，这里是个大场分，行路至此都要在街上休息用餐。此处吃食都不错，尤以菜豆腐、米面皮为佳。再走至褒城前的鸡头关，关上有蜂蜜粽子也好，粽子做得极光滑筋道，这都是因为糯米质量好的缘故。所以，不论什么时候，要想吃上味道纯正的食物，原材料好坏是关键。在陕南山中赶路，途中除了有饭店可以打尖外，路上还多有茶馆，茶叶多用陕南山中所产的绿茶，也有加入些菊花的，味道更是香醇。尤其是在夏季，行旅之人饮一杯菊花茶，那舒服，那来劲儿，不比吃了一大碗臊子面差。

走到宁羌县西北有个宽川铺，在这里可以歇店。旧时宽川铺是只有二十几户人家的小山村，但是因其地处入川的要道，行路之人常会光顾，所以，小山村里饭店、客栈皆有。其中一家饭店所做的一窝丝面风味独特，他处罕有。“一窝丝”有软硬两种，硬的就像油酥饼。制法如下：先将面粉和好，加入些花生油或芝麻油。揪成小团，揉几下，再擀成薄片，两面刷上油，用刀切成细条。把这些细条两头捏着抻一下，再团成小团，压成小饼形，放入平锅内用油煎，两面金黄时即可食用。因为面

▲ 留侯祠竹林幽径，拾级而上即可登顶远眺。此照为冬季雪景，更有迷人之处。

▲ 陕西勉县武侯祠大殿，大殿两侧碑石林立，不仅是研究诸葛武侯事迹的文献资料，也是学书法的上好范本。

中有油，细条之间也有油，所以不至于黏得太紧。吃时用筷子一夹，稍加抖动，油酥饼就会变成一窝细丝，故称一窝丝。还有一种软的不用油煎、锅烙，而是上笼屉蒸熟。蒸熟后上盘，一抖动也会成为一窝丝面，再在上面浇上蒜汁、辣椒油等调料，更是一种绝美的食品，旧时，陕南山中的一窝丝多是蒸制出的软一窝丝。

吃罢一窝丝再走十五里，就到了五丁关，“关上有煮鸡蛋甚好”。行路途中吃煮鸡蛋是最好的食品。所谓的“煮鸡蛋甚好”，主要是指鸡蛋本身品质好。现在喂了复合饲料的鸡所产的鸡蛋，怎样也不可能煮出老味来。

进入四川省地界，在广元县之前有个叫龙洞背的地方，此地山洞内出产石燕，“买捎陕家，放瓮内甚佳”。按中医的说法石燕是一种药材，类似龙骨化石。古代药书上记载：“石燕有除湿热，利小便，退目翳，主消渴等功能。”

至广元县，“有白糖蒸馍甚美”。所谓白糖蒸

▲ 汉王城旧影，故址在城固县东十二里处。为刘邦被封汉王时所建，汉王城下临汉江，面对巴岭，风景绝佳。

馍，不是给蒸馍里加白糖，那是糖包子。白糖蒸馍是在上笼屜前就要将糖和入面内的。制法如下：取上好小麦面若干，加入适量白砂糖，掺入一定量的酵母粉。发酵用的酵母有的地区是专门制成细末或块儿状，和面时放入一定量的即可，有的地区则是将今天蒸的生面留一块作为明天用的酵母引子，和面时掰碎加入就行。每次留一团生面的办法较为方便，可以持续使用，关中地区多采用此法。面粉、白糖、酵母加在一起搅拌均匀了，加一定量的水和成面团，放置数小时待其发酵。检查是否发酵好，只要掰开一团面察看，若其中有大量气孔，就说明发酵完成。当然面也不能发酵太过，发酵太过就会发酸，而发酵不充分则蒸出的馍死板生硬。面发好后揪成小团，揉几下就可以上笼蒸。过去没钟表，就在锅内水开后点一根香，香燃尽即可出笼，大约也就是三十分钟左右。白糖蒸馍好吃的关键在和面要稍硬些，上笼前也要尽力多揉一段时间，使白糖与面充分融合，这样蒸出的馍就会硬而酥散。现在

▲ 汉舞阳侯樊哙墓园旧照，故址在城固县北十五里。墓前有碑亭，正中大碑刻“汉舞阳侯樊哙将军墓”八字，碑上方石额刻有“随主于阨”四字。两侧碑亭为后人纪念文字。

▲ 汉龙亭侯蔡伦墓园旧影。故址在洋县东二十五里龙亭铺之南。墓前碑石林立，古柏苍翠，中国造纸第一人的安葬之地可谓风水宝地。

▲ 汉大将军纪信之墓旧照。墓在城固县之西五十里柳村铺。旧时在封土上立有一石碑，上书："汉纪将军墓"五大字。

广元、阆中一带都有这种传统食品，名为“硬面糖馍”，以阆中的为最佳。

广元过去就是昭化县，今则为镇。“其油遂饼值钱十三文，到底干脆”。“油遂饼”是关中人的老称呼，就是油旋馍一类的食物。基本做法都是：将面和好，擀成薄片，刷上清油，撒些盐，调和面、葱花等，然后卷起，再竖着压扁，擀成两三公分厚的样子，上平锅洒些油两面烙黄即可食用。这是过去关中城乡招待客人最好的一道食品。

过了广元，昭化就是梓潼。梓潼南面三十五里有个万年桥，万年桥一过即是大罗汉桥，桥头“有油糕如陕”。“如陕”，就是像陕西的油糕一样炸得外酥里软，咬一口糖馅直往外流，确实好吃。

过了万年桥二十里就是卫城驿，今作魏城驿，这可是个大镇点。这里的“油饼、面食甚美”。陕西人爱吃面食，走到哪里都关心面食如何。陕西人能说面食不错，大概就不会差到哪里去。

梓潼县过去就是罗江县。罗江县里有一位姓夏的人，他制作的豆豉味道最好。豆豉、豆瓣是川菜中重要的配料。所以，四川各地均有做豆豉、豆瓣的厂店，尤以郫县的豆瓣最为有名，也最“香蹿”（秦人把香气挥发浓烈称为“蹿”）。这里的豆瓣之所以有名，是因为制作豆瓣时选料讲究，工序到位，绝不会偷工减料，按陕西人的说法：“舍得放调和！”

到成都前有新都县，新都的“火烧、面食甚美”。陕西人的口味重，陕西人说吃食美一定是调料重的。四川人舍得放调料，所以陕西人到四川都能逞口腹之快，也都能在饮食上说：“适应！适应！”

秦商入川正常要走一月之久，路上所食所见自然不少，这里仅选出几个点来展示。从这些秦商感兴趣的食物上，我们可以看出秦人的饮食习惯与喜好，也可知秦人在蜀中经商能够延续数百年而不衰的基本原因，那就是：“吃饭先没啥问题！”

后记

2006年5月，本人从《读书》杂志上读到一篇介绍《西康诡异录》一书的文章。知书中多有记载陕西商人入川经商及在四川生活的故事。于是立即联系成都的朋友，请他们在旧书肆上帮我寻找这本书。另外，我也翻检出多年来收集的关于秦商入川的各种资料、照片，有了写一本关于秦商入川行迹的书籍的冲动。但在仔细阅读了这些资料后，我觉得思路尚未成熟，资料尚未完备。特别是对于秦商形成、运作方式及其理念缺乏深刻的认识，也无法给予其正确的定位，写作之事只得先放一下。

转眼八年过去了，甲午年二月我依旧习去成都拜望几位老先生。在聚会中，陶付二先生出示一册清代光绪年间的旧书，其中记录了陕西商人入川的行程及课徒文稿，我泛览一过，心中即已不能平静。这些文稿正是能串起我所准备写作的《秦商入川记》的那根线索。承陶付二先生友情转让，我急急携之而归。

八月正热，九月正凉，蛰伏书斋之中两月未出门，一鼓作气将《秦商入川记》草成。其间，不仅深深地体会到了秦商前辈们创业的艰辛，而且体会到了关中学派的儒家文化在他们血脉中的涌动，由此而感受到陕西历史文化的传承，其实就在于每个普通的陕西人身上，不必尽想着开宗立派，不必尽想着树立绝学。一点一滴一字一句，从普通人的生活习性中发现历史文化的真实，又从这些历史真实中体会生活的趣味，这大概就是我们研究陕西民俗与文化所要做的事情。

《秦商入川记》似乎应该是一部历史学或者经济学方面的专著，但遗憾的是本人并不长于此，我只能以文史的笔法，从民俗文化的角度来述说秦商，疏漏之处还请各路专家见谅。

特别要感谢上海大学教授、博导罗宏才先生，因了乡梓情谊，因了文化同好，罗先生在百忙之中写出了一篇极专业、极内行的序言，这是对我的巨大鼓励。

宗鸣安

2014年重阳节初成于长安